双葉文庫

奈良町あやかし
万葉茶房

遠藤遼

草《くさ》壁《かべ》彰《あき》良《ら》
あやかしや神様が見える高校二年生。父の死をきっかけに、奈良の親戚・真奈歌の元へ身を寄せる。『万葉集』を愛読。
額《ぬか》田《た》真《ま》奈《な》歌《か》
人間だけでなく、あやかしや神様も来店する喫茶店「万葉茶房」の二十代半ばの美人店長。はきはきした性格をしている。

吉《よし》野《の》広《ひろ》常《つね》

「万葉茶房」のシェフ。寡黙だが整った顔立ちで、お客さんにもファンが多い。見た目30歳くらいだが、正体は吉野の天狗。

阿《あ》砂《さ》子《こ》

10歳くらいに見えるが、正体は砂かけ婆の孫娘。食いしん坊。

前略　はじめまして。草壁彰良《くさかべあきら》様。私は額田真奈歌《ぬかたまなか》と申します。あなたには会ったことはありませんが、あなたのお母様の遠縁の親戚に当たります。この度、あなたのお父様、草壁春臣《はるおみ》さんの訃報に接し、心からお悔やみ申し上げます——

プロローグ

あをによし　寧楽《なら》の京師《みやこ》は　咲く花の　薫《にほ》ふがごとく　今盛《さか》りなり

奈良はまほろば。東大寺の大仏、奈良公園の鹿、法隆寺、平城京――。

奈良には中学三年生のとき修学旅行に行ったはずなのに、どうやって行ったのか、すっかり忘れてしまっていた。京都駅に降り立ったところで、スマートフォンで何度も交通案内を確認して乗る電車を探す。見慣れない近鉄電車の中から、目的の地へ向かう列車を見つけ出して乗り込んだ。

車内は、中吊り広告ひとつとっても東京の電車とはずいぶん雰囲気が違った。関西に住んだことはないのに、なぜか懐かしさを覚える。

リュックサックから手紙を取り出し、もう一度目を通した。

差出人は「額田真奈歌」。母方の遠い親戚だと書いてあったが、面識はなかった。

僕、草壁彰良は、先月まで個人デザイナーをやっていた父親の草壁春臣と、東京でふたり暮らしをしていた。「先月まで」というのは、父さんが病気で死んでしまったからだ。

父親とはずっとふたり暮らしだったが、母親は今も生きている。けれど、母さんは僕たち父子とは事情があって離れて暮らしていた。離婚とか別居とか、夫婦仲が悪いわけではないらしいのだが、実家と仕事の事情だと父さんは言っていた。

どういった事情なのか不思議だったが、父さんは母さんの連絡先すら残しておらず、亡くなるまで母さんに連絡を取ることもなかった。

母さんを頼るのは難しかったので、父方の親戚で僕を引き取る話が出た。だが、それも、僕はある理由によってすべて断らざるを得なかった。それは僕が持って生まれた、ある特異な体質のせいだった。

残る選択肢は、ひとり暮らししかない。とはいえ、高校二年生の僕がほんとうにひとりで生活していけるのだろうか。

そんな不安を感じ始めていたとき、葬儀が終わるタイミングを計ったかのように届いたのが、母の親戚を名乗る額田真奈歌さんからの手紙だった。

真奈歌さんは、手紙の中で父さんの死へのお悔やみを述べるとともに、「ならまちの自分のところで一緒に住まないか」と提案してくれていた。また、手紙には真奈歌さんが僕の両親から特殊な体質について聞いていること、母さんからも面倒を見るよう頼まれたとして、「一緒に住もう」と誘ってくれていた。

いろいろ迷ったが、結局、僕は真奈歌さんを頼って奈良へ向かうことに決めたのだった。

電車から見える景色が鮮やかな緑になる。

車窓を眺めていると、忽然《こつぜん》と古い歴史的な大きな門が見えた。慌てて持ってきた奈良の観光ガイドブックをめくる。右の車窓にあるのが朱雀門《すざくもん》で、左の車窓に見えるのが大《だい》極殿《ごくでん》というらしい。どちらも奈良時代の平城京の門を復元したものだそうだ。

もうこの辺一帯が平城京跡、つまり、奈良時代には日本の都だったのだと思うと、教科書でしか見たことがない世界が何の前触れもなしに目の前に現れたことに、感動よりも驚きが先に立ってしまった。

「奈良に来たんだなあ……」

大仏と万葉の故郷であり、僕がこれから暮らしていく町だった。

ならまち。近鉄奈良駅の南側に広がる、昔ながらの町家が並んでいる一帯だ。そこに真奈歌さんは住んでいて、「万葉茶房《まんようさぼう》」という喫茶店をやっているらしい。

手紙には、昔、僕の母さんもならまちに住んでいたと書いてあった。ただ、残念ながら、今どこに住んでいるのかは真奈歌さんも知らないようだった。

駅を出てすぐ右手の東向《ひがしむき》商店街を抜けて三条《さんじょう》通りに出る。休日ということもあって、観光客が多い。学生服のグループが何組も歩いているのは修学旅行生だろう。そのまま少し東へ歩くと池が見えてきた。観光地として有名な猿沢池《さるさわいけ》だ。

「ここが、猿沢池ってことは、あっちか」

思ったよりも水があまりない猿沢池の畔《ほとり》をぐるりと歩き、ならまち通りを南へ歩いて行く。通りに入るところに橋があって、そこを渡った途端、観光客が一気に減った。観光客で賑わう東大寺や興福寺のすぐ南側だけれども、古くて静かな町並みが広がっていた。黒っぽい木材を組み合わせた、いわゆる格子づくりの家がちらほら見えてくる。ならまちだった。

腕時計を見ると約束した到着時間までまだ少し余裕があった。地図によると真奈歌さんの「万葉茶房」はもうすぐだったが、ちょっとだけ寄り道させてもらうことにした。

寄り道先は「庚申《こうしん》さん」と呼ばれる青面金剛像《しょうめんこんごうぞう》を祀《まつ》っている庚申堂と、ならまちにあるいくつかの神社だ。観光ガイドブックによると、どちらもならまちを守っている大切な場所だと書いてあった。

これからこの町に住む身として、お参りしておこうと思ったのだ。

庚申堂が近くなると、街角に、両手両足を縛られて丸くなった独特な形の赤いものがいくつもぶら下がっているのが目立つようになった。ガイドによると、庚申さんのお使

い の中《さる》をかたどった魔除《まよ》けのお守りで「身代り申」というらしい。

そんな空間をならまちの人と観光客が交差しながら歩いているその光景を見ていると、不思議な空間に入り込んでしまったような気分になった。

神社はいくつもあったが、腕時計を見ながらとりあえず三箇所にお参りすることにする。猿田彦《さるたひこ》神社、御霊《ごりょう》神社、そして鎮宅霊符《ちんたくれいふ》神社の三つだ。

猿田彦神社は祀られている猿田彦命《さるたひこのみこと》が神話では道案内役をしたことから、道祖神《どうそしん》としても信仰を集めている。御霊神社は真っ赤な鳥居が印象的で、ならまちでは「ごりょうさん」と親しまれているそうだ。鎮宅霊符神社は神道の天地創造の神とも言える天御《あめのみ》中主神《なかぬしのかみ》が祭神で、陰陽師とも関係があるとガイドブックに書いてあった。

他の神社も早めに回ろう。これから生活するにあたって、土地の神様に礼は尽くさなければいけないと思ったのだ。

ことに僕の体質ではなおさらである。

どの場所も、町中にある神社だったけど、お参りのあとは神妙な気持ちになって鳥居をあとにした。

そろそろ真奈歌さんの「万葉茶房」へ行かなければいけない。

少し急ぎ足で目的地へ向かっていると、白人の夫婦に写真を撮ってくれとデジカメを渡された。

「じゃあ、撮りますよー。はい、チーズ」

英語で何と言っていいのか分からないので、日本語で声をかける。撮り終わると、早々にカメラを返して手を振って別れた。

ほんとうなら少し英語で会話してみたいところだが、僕にはそれより気になることがあった。

デジカメを借りて覗いたときから気になっていたのだが、和服姿のおばあさんが格子づくりの町家の一軒に寄りかかるようにしてうずくまっていたのだ。白い髪を丁寧に整えた、銀鼠《ぎんねず》色の上品な着物姿のおばあさんが、胸の辺りを押さえて苦しげにしていた。

それにもかかわらず、さっきの白人夫婦も、周りの人もそのおばあさんが目に入っていないかのように通り過ぎていってしまった。あれだけ苦しそうな姿を見て、誰も声をかけないのはおかしい。となれば、皆が通り過ぎた理由はひとつしかない。

周りの人には、そのおばあさんが見えていないのだ。

つまり、あのおばあさんは僕にしか見えていないのである。

これが僕の生まれ持った体質で、父方の親戚の誘いを断った理由だった。

僕には、普通の人には見えない「あやかし」が見えるのだ。

理由は分からない。生まれ持った体質としか言いようがない。

この体質のおかげで、小さいころから妖怪や化け物めいたあやかしによって怖い目に遭わされることも多かった。僕はそれが普通だと思っていたが、周りの友達にはあやかしなんて見えないらしいと気づいたときには、すでに周囲から浮いていた。

嘘つき、怖い、危ない奴、気持ち悪い——周りの友達だけではなく、幼稚園や学校の先生など周囲の大人たちからも、無言のうちにそう思われているのを感じていた。

だから、僕もあやかしには、特にこんな町中では、関わりを持たないようにしたいと思っていた。

だが、目の前のおばあさんはほんとうに辛そうで無視できなかった。

周囲に人がいないことを確認して、着物のおばあさんのそばに近づいてかがみ込み、声をかける。

「おばあさん、大丈夫ですか。どこか苦しいんですか」

目の前で苦しんでいるのに、ただ目に見えるか見えないかだけで無視するのは、どうしてもおかしいと思ったのだ。

おばあさんは荒く息をつきながら、僕の顔を見た。

「あんた……うちのことが見えはるん？」

その言葉が、おばあさんがあやかしであることを示していた。

「ええ。何か手助けできますか」

おばあさんは顔に冷や汗を浮かべている。

人間であれば救急車を呼ぶなり、家まで送るなり方法があるのだろうが、あやかし相手ではどうしたものか。

周りの人は、僕がしゃがみ込んでいるのをあまり気にしていない様子だった。

「この近くに行きたいとこがあったんやけど」

「どこへ行こうとされていたんですか」

おばあさんが、答える代わりに弱々しく咳き込んだ。身体から何か粉状のものがさらさらと落ちている。

「これは……砂？」

驚いておばあさんから落ちた灰色の砂に触れようとすると、人影で遮《さえぎ》られた。

何だろうと驚いて顔を上げると、ひとりの若い女性が立っている。

「そろそろ約束の時間だから様子を見に来たら、早速お手伝いしてくれるのね」

ずいぶん親しげに声をかけてきた女性が少し横にずれる。やや茶色を帯びた黒髪が、つややかに光った。

年齢は二十代半ばくらいだろうか。万年雪のように白い肌の美しい女性だ。きりりとつり目がちの眼が、楽しげに僕を見つめている。全体の印象は、かっこいい系の美人だった。

動きやすいジーンズに長袖のシャツ姿だったが、どこかのモデルのようにスタイルがよかった。観光客も彼女の美貌に振り向いている。そんな美人に知り合いかのように声をかけられたことで、僕はどぎまぎしながら聞き返した。

「約束の時間って……」

女性がうずくまっていたおばあさんを軽く抱きかかえた。

「おばあちゃん、こんなに軽くなっちゃって。うちでちゃんとおいしいもの食べてね」

「もうすぐ、あんたの……お店に着くとこやったんやけどね」

僕は驚いて尋ねた。

「あなたにも、そのおばあさんが『見える』んですか？」

美しい女性が自信に満ちた微笑みを浮かべた。

「初めまして、彰良くん。私は額田真奈歌。あなたの親戚のお姉さん。『真奈歌姉さん』でいいよ。そして、ようこそ『あやかし万葉茶房』へ――」

第一章　ならまち訪ねた砂かけ婆の孫

1

行き倒れていたあやかしのおばあさんを抱えた真奈歌姉さんは、ならまちの路地を颯爽と歩いていた。

僕はその姿にちょっと感動した。普通の人が見れば、真奈歌姉さんは何もないのに腕で何かを抱えているような不思議な格好に見えるだろう。自分だったら周囲の視線を気にしてちょっと躊躇《ちゅうちょ》してしまうところだけど、真奈歌姉さんは臆することもなく堂々と歩いていた。かっこよかった。

真奈歌姉さんが引き戸を開けて格子づくりの古い町家へ入っていく。瓦葺《かわらぶ》きの屋根と光沢のある飴色《あめいろ》の壁が美しい古い木作りの家で、見ていると心が落ち着いていくのを感じた。

入り口には、「万葉茶房」と行書体で彫られた木の看板が掛かっていた。横には「営業中」とある。いわゆる古民家カフェみたいな雰囲気だ。

あれ？　でも、さっき聞いたお店の名前は違ったような気がしたのだけど……。

「どうぞ、いらっしゃーい」

開けっ放しの引き戸の向こうから真奈歌姉さんの声がした。

「は、はい」

リュックを背負い直して入り口をくぐった。「お邪魔しまーす」と思わず声に出してしまう。

「おお……」

思わず感嘆の声が出た。

細い入り口部分を抜けるとレジがあり、その奥に厨房が見えた。レジには、お持ち帰り用のカットケーキが並んでいる。

ならまちの町家の特徴は、奥へ細いことと中庭があることだとガイドブックには書かれていたが、「万葉茶房」では中庭は潰されてテーブル席がいくつか置かれていた。そのスペースを真ん中にして広い畳の部屋が道路側と家の奥側のふたつあって、それぞれ座卓と座椅子が置かれている。畳敷きの部屋は靴を脱いで上がるようだ。

道路側の部屋を見ると、格子を透かしてお店の外の様子がよく見えた。外から見たときには、お店の中の様子はまるで見えなかったのに、どんな仕組みなんだろう。昔の人の知恵はすごい。

全体として席は半分くらいが埋まっていた。

建物の中はできる限り古い町家に手を加えていないようで、古風な感じがする。柱や家具の木目が温かい雰囲気を醸《かも》し出している。掛け軸や古美術品のようなものが置かれ、季節の花の一輪挿しがあしらわれているのが上品だった。

コーヒーやカレーのいい香りが漂ってきた。

時間がゆっくり流れている感じだった。

白いコックコートを着た男性が、談笑している女性客にカレーを運んでいる。細身でどこか物憂げだが、シャープな顔立ちのかっこいい男性だった。

シェフかもしれない。あ、目が合った。とりあえず会釈する。

「こっちよ」

真奈歌姉さんの声がしたので、急いでそちらへ向かった。

真奈歌姉さんはお客さんの席ではなく、まっすぐにレジ横の扉を開けて進んでいった。慌ててついて行く。

「どこに行くんですか」

「こっちこっち」

追って奥へと進むと右手にトイレがあり、正面には長いのれんが掛かっていた。真奈歌姉さんが、そののれんの先に消える。

そのままのれんをくぐってまっすぐ進むと、立派な柱を境にしてもうひとつ部屋があることに気づいた。声はそちらからする。何か作業をしているような物音がした。

僕は部屋の中に足を踏み入れた。

「お邪魔しまー……す？」

思わず最後が疑問形になった。

部屋は畳敷きの部屋だった。

さっき見た窓側の部屋よりも、一回り大きいかもしれない。床の間に掛け軸があったりするのは他の部屋と変わらなかった。部屋の隣がすぐに厨房に繋がっているので、火や水を使っている音がする。さっきの物音はこれだったようだ。

「おばあさん、お水を飲んで。ここのはあやかしの力を回復する御霊水だから」

真奈歌姉さんが、先ほどのおばあさんを抱き起こしてコップの水を飲ませようとしていた。

僕が驚いたのは、その周りにいるふたりの客だ。

ひとりははげ頭の巨漢だった。袖のない粗末な服を身につけ、荒縄で縛って帯代わりにしている。明らかに彼用に給仕された茶粥を食べているのだが、むしゃむしゃと食べている口以外に顔の作りがない。

「の、のっぺらぼう……」

僕の声に、食事中ののっぺらぼうが手を休めてこちらを見る。

「ほう、おまえ、俺っちが見えるのか」

「ええ、まあ……」

曖昧に答えて、真奈歌姉さんをうかがう。

「その子は私の親類なの。変なちょっかい出したら、この店に入れなくするわよ?」

「それは残念」

のっぺらぼうが「にたぁ」っと口を大きく開けて笑うと、粥をすする作業に戻った。

あやかしが人間と同じように食事を取っている姿など、今まで見たことがなかった。

「真奈歌さんの親類。ううっ……まだ、子供じゃないですか……」

そう言ってきたのは、もうひとりの客だ。こちらは白玉ぜんざいを食べている。

見た目からして尋常ではない客だった。

鮮やかな着物の上に衣のようなものを纏《まと》い、長いスカートのような裳《も》を着けて、細い帯を結んでいる。結い上げられた特徴的な髪型といい、歴史の教科書で見た覚えのある古い時代の女性の格好だった。女性は、なぜかしくしくと泣き続けていた。

「ううっ……白玉ぜんざい、おいしいです……。しくしく」

涙を流すほど、ここの白玉ぜんざいはおいしいのだろうか。

東京でもあやかしものに会う機会はあった。でも、それは神社やお寺のそばが多かったし、数もそんなに多くなかった。

この女性は何というあやかしなんだろうか……。

「……お名前は、何とおっしゃるんですか……」

「く、草壁です。草壁彰良」

「……ああっ、私としたことが、自分が名乗らずにお名前を聞く無礼を……ううっ」

また泣き始めた。

「えっと、お名前は――？」

僕の方から尋ねることにした。

「ナキサワメと申します。……以後、お見知りおきくださるとうれしいです……ううっ」

「ナキサワメって――古事記に出てくる泣沢女神《なきさわめのかみ》ですか？」

僕がその名を呼ぶと、白玉を食べていたその女性がスプーンを置いて僕の手を取った。

「ううっ……私のことをご存じなのですか。……うれしいです」

また泣き始めた。

「ナキサワメさん、東京からこっちに来たばかりの愚弟だけどよろしくね」

愚弟……？　真奈歌さんがそう僕のことをにこやかに紹介するとともに、僕にもナキサワメさんについて教えてくれた。

「ナキサワメさんは、イザナミを失ったイザナギの涙から生まれた由緒正しき女神様そのものよ。うちのお店の常連さん。甘いものがお好き。覚えておいてね」

「しくしく……。真奈歌さんの弟だったのですか……。ううっ」

真奈歌さんが、ちょっとばつが悪そうな顔をした。

「まあ、実の弟ではないけどね。遠縁の親戚の男の子って、何て言ったらいいか分からないから……」

「しくしく……。たしかにそうですねぇ……。彰良さんも、真奈歌さんをおばさん呼ばわりなんてしたらご飯抜きにされちゃうでしょうから、気をつけてくださいね……」

「は、はい……」

ナキサワメさんが、しくしく泣きながら再び涼しげな白玉ぜんざいを食べ始めた。

そこで僕は、やっとのことで真奈歌姉さんに話しかけることができた。

「あの、真奈歌姉さん、これは一体……」

先ほどの和服のおばあさんを畳に横に寝かせていた真奈歌姉さんが、笑みを浮かべながら教えてくれた。

「さっきも話した通りよ。このお店は、向こう側が人間向けの喫茶店『万葉茶房』で、あののれんからこっち側の部屋はあやかしたちのための『あやかし万葉茶房』」

「あやかしたちのための喫茶店ってことですか」

「そういうことね。理解が早くてお姉さんうれしいわ」

　真奈歌姉さんが、大袈裟にウインクする。

「あやかしたちが、人間の食べるものを食べるんですか？」

「完全に人間の姿に現象化していれば別だけど、普通は一緒のものは食べられないわ。でも、この店で作ったものなら、あやかしたちも食べることができる」

　そう言って真奈歌姉さんが厨房に声をかけた。

「吉野《よしの》さん」

　厨房の奥で答える声がした。

　少し間があって、先ほど女性客にカレーを出していたシェフが現れる。

　年齢は三十前後くらいだろうか。刈り上げたツーブロックの茶髪に凛々《りり》しくも繊細な眉。切れ長の目はやや鋭かったが不思議と物憂げだ。整った鼻筋といい、薄く引き締められた唇といい、全体的に野性味を感じさせるかっこいい男性で、女性客に人気がありそうだった。

「呼びましたか、真奈歌さん」

　声までイケメンだった。

「紹介しておくわ。私の遠縁の親戚、草壁彰良くん。今日からここに住んでもらうから」

吉野さんと呼ばれたシェフが、僕をじっくりと眺める。ワイルド系の年上男性にじっくり見られると、ちょっとだけ居心地が悪かった。

「吉野広常《ひろつね》だ。よろしく」

「えっと、草壁彰良です。よろしくお願いします」

吉野さんの挨拶は短かったがぶっきらぼうというわけでもなく、口元がかすかに微笑んでいた。僕のことを歓迎してくれているようだ。

「真奈歌さん、この部屋にいるということは、彼は――」

「あやかしたちが見えるわ。早速、このおばあさんを保護してくれた」

吉野さんが、僕を見て目を丸くした。

「見たところ、何か特殊な修行をしたようにも見えませんが」

「持って生まれた体質ね」

真奈歌姉さんが、僕の頭をくしゃくしゃっとかき混ぜた。

「あの、吉野さんが、あやかしたちの食べている物も作っているんですか」

気恥ずかしさが勝った僕は、話題を変えようと吉野さんに尋ねた。

「そうだ」と吉野さんがさっきまでのクールな表情で答える。

「真奈歌さんや俺が作ることで、あやかしたちも人間と同じようなメニューを食べることができる。ここは、あやかしたちのための場所だからな。人間向けにも営業しているが、それは材料費を稼ぐため。奈良で作られる大和野菜《やまと》を使ったりして、これでもいろいろと工夫しているつもりだ」

「大和野菜……」

「人間が普通に食べられる野菜だからスーパーでも売っている。大和、つまり昔の奈良の伝統野菜やこだわり野菜ってヤツだ。色も香りもだいぶ違う」

そう言って吉野さんは、葉物や丸いなすなどの野菜を手に取って見せてくれた。

「いろいろあるんですね」

「葉物だと通年で食べられる大和まなや、千筋《せんすじ》みずなはランチにもよく使う。大和丸なすは煮ても焼いてもうまいぞ」

「なすは、好きです」

料理の話ではなくあやかし関連でいろいろと聞きたかったが、質問を続けることはできなかった。真奈歌姉さんが吉野さんに話しかけたからだ。

「このおばあさんなんだけど、何がいいかしら」

吉野さんが、先ほどのおばあさんに目を向ける。

「だいぶ弱っていますね。ちょうど、あと一組、人間のお客さんが終われば注文が一段落します。吉野葛《くず》のいいのがあるので、とりあえず、葛湯でも作ってみましょう」

吉野さんは一礼すると厨房に戻った。

おばあさんはぐったりと横になり、目を閉じている。

「ごちそうさまでした……。しくしく……」

ナキサワメさんが立ち上がり、奥のふすまを開けて出て行った。

「毎度ありがとうございました。また来てくださいねー」

真奈歌姉さんが朗らかに送り出す。

ナキサワメさんに続いて、のっぺらぼうもお店を後にした。帰り際にちょっと振り返って、僕に向けてにまっと笑顔を浮かべていた。友好の挨拶のつもりだったのかもしれないけれども、正直、少し不気味だった。

「やれやれ。ちょっとおばあさんには寝ててもらうしかないわね」

「あの、真奈歌姉さん。さっき吉野さんが話してくれたことなんですけど」

聞きたいことが、山脈一個分もたまってきていた。

「とりあえず順々に教えていくけど、そうね、片付けを手伝ってくれるかしら」

「あ、はい」

真奈歌姉さんがのっぺらぼうが食べていた茶粥の器を片付ける横で、僕もナキサワメさんが食べていた白玉ぜんざいの器などをまとめた。

「このお店はさっき吉野さんが言った通り、あやかしたちの喫茶店がメインのお仕事。あやかしだって生きていく力をどこかから得る必要があるでしょ？　いまみたいな複雑な社会になってくると、あやかしたちだって生きていくのは大変なのよ」

「はあ……」

器を厨房の方に持っていくと、吉野さんが受け取りに来てくれた。

「人間を食うわけにもいかんだろ」

「えっ――？」

「冗談だ」

クールな吉野さんがにこりとも笑わずに言ったので、本気にしてしまった。物騒な冗談を言うのはやめて欲しい。

手近にあった台ふきんで、真奈歌姉さんとふたりで座卓を拭く。

「彰良くん、吉野さんに気に入られたみたいで良かったわね」

「そうなんですか？」

とてもそうは思えないのだが。

「吉野さんが冗談を言うなんて珍しいわ。上機嫌よ。これで奈良近辺での彰良くんの安全は保障されたわ」

「……奈良って、僕がイメージしていたよりも危ない場所なんですか」

というより、ここら一帯の安全を保障できる吉野さんは何者なのだ。奈良をシメていた元暴走族か何かなのだろうか。

座卓を拭き終えた真奈歌姉さんが笑った。

「うふふ。そんなことはないけど。吉野さんは、ああ見えて……」

その後に「ヤンキーだったから」とか「この辺の顔役だから」みたいな物騒な言葉を予想していたのだけれども、吉野さんの正体はまったく想定外のものだった。

「正体は吉野の山の、名のある大天狗だから。吉野さんが睨《にら》みを利かせている以上、彰良くんに悪さをしようとするあやかしは、この辺りには出てこないでしょうってこと」

またしても疑問点が増えた。

「吉野さんって、大天狗なんですか⁉」

「そうよ」

「まったく普通の人間にしか見えなかったんですけど⁉」

第一、普通のお客さんにも吉野さんの姿が見えていたじゃないか。それも天狗としてではなく、人間の姿で。

「それだけ吉野さんのあやかしとしての格が高くて、力も強いってことよ」

「そんな方が、ならまちで喫茶店のシェフをやってるんですか⁉」

「普通の人間じゃ、あやかし向けのメニューは作れないでしょ」

そういうものなのか、と納得することにした。

僕のこれまでの経験では、あやかしたちにびっくりさせられたことこそ数えきれないが、あやかしたちに料理をふるまったことなどない。というより、あやかしたちが食事をする場面すら見たことがないのだ。

「そう言われると……そんな気がします」

真奈歌姉さんが僕の答えに笑顔で頷きながら、座卓の位置を整え、座布団や座椅子を直している。

「吉野さん、関西圏のあやかしにはだいたい顔が利くから。万が一、怖い目に遭ったら私か吉野さんを呼ぶといいわよ」

「真奈歌姉さんでもいいんですね」

「私に逆らったら、このお店は出禁にするから。あやかしたちにとって、このお店で食事が取れないのは痛いのよ」

のれんの向こうから、女性のお客さんの「お会計、お願いしまーす」と言う声がした。

「はーい。ありがとうございまーす。ちょっと待っててね、彰良くん」

すたすたと会計に向かう真奈歌姉さんの背中を見送る。

僕と横になった銀鼠《ぎんねず》色の着物のおばあさんのふたりきりになった。おばあさんは苦しげな様子もなく、ただ眠っているように見える。

「どうだ」

「おわぁっ!?」

急に背後から話しかけられて飛び上がってしまった。

「すまん。驚かすつもりはなかったんだが」

吉野さんだった。言葉では謝っているが、表情が硬くて怖い。手にはお盆を持ち、湯飲みを乗せていた。

「いえ。僕の方こそ、変に驚いてしまって、すみません」

吉野さんがお盆を座卓に置き、畳に正座しておばあさんを覗き込んだ。

「どうだ？」

「見たところ、苦しそうな様子とか、特にないですけど……」

横を見れば、間近に吉野さんの横顔があった。どこからどう見ても、正体があやかしには見えない。多少、無愛想ではあるがイケメンの中年男性だ。

吉野さんがおばあさんの背中に腕を回して上体を起こした。

「あの、吉野さんって、あー……」

「うん？」

「さっき、真奈歌姉さんから聞いたんですけど、違ってたらごめんなさい。あの……」

「俺の正体なら天狗だぞ」

いろいろ気遣って言い淀んでいるうちに、察した吉野さんが大したことでもないように言った。

「え、あ、あの、ほんとに……」

「ほんとだ。おまえは俺が天狗と分かっても、あまり驚かないのだな」

実際には、内心、十二分に驚いてはいたのだが、一周回って反応に困っている状態だった。

「えっと、天狗には昔、会ったことがあります」

「ほう。おまえ、東京から来たと聞いているけど、高尾山《たかおさん》辺りの天狗か」

「ええ」

「三百年ほど会ってないが、元気だったか。——ほら、ばあさん、葛《くず》湯だ。飲めるか」

吉野さんがおばあさんを軽く揺する。

おばあさんがうっすらと目を開いた。目の前に差し出された湯飲みを見つめる。

「これは——？」

「吉野葛で作った葛湯だ。霊力が回復するぞ」

おばあさんが湯気の立つ湯飲みに息を吹きかけ、軽く口をつける。ずずっと少し音を立てて、とろみのある熱い葛湯をすすった。

「ああ……、温かい」

おばあさんがほんのり微笑んだ。

吉野さんが、おばあさんの体勢が楽になるよう座椅子に座らせる。

「大丈夫ですか」と僕も声をかけた。

「あんた、さっきの……」

おばあさんの上体がかすかに動いた。

どうやら頭を下げているらしいのだが、あまり思うように動けないようだった。

「ああ、おばあさん。良かったわ。起きたのね」

真奈歌姉さんが食べ終えた食器をお盆に載せて戻ってきた。吉野さんがお盆を受け取って厨房へ戻っていく。

「ああ、あんたが真奈歌さん？　噂には聞いてたんやけど、距離が遠くてねえ」

そう答えるおばあさんの息が荒い。ひと言ひと言話すたびに、おばあさんから砂がさらさらと落ちている。

おばあさん自身は、零れ落ちる砂に気づいていないようだった。

「おばあさん、砂かけ婆でしょ」

「そうや」

真奈歌姉さんの問いかけに、おばあさんが荒く息をつきながら頷いた。

正体を聞いて、僕はまじまじとおばあさんを見つめてしまった。

「砂かけ婆」という名前を聞くと、恐ろしい顔のおばあさんのあやかしを想像するところだが、目の前のおばあさんはすごく上品で、東京で言えば銀座辺りをゆったり買い物していそうな姿だった。

「葛湯、飲める？」

「ああ……おいしいよ。おおきに」

そう言っているが、おばあさんの手にした湯飲みの中身はほとんど減っていない。

砂が断続的に落ちている。正体が砂かけ婆ということを考えると、その砂が減っているのは大丈夫なのだろうか。

「だいぶ霊力が落ちているみたいね」

真奈歌姉さんが低い声でつぶやいた。

やはり、砂が減っていっているのはまずいようだ。

心配して砂かけ婆を見ていると、その姿に異変が起きた。おばあさんの顔立ちがふわっと揺らぎ、別の容姿に変わったのだ。これは……。

「え？　狸《たぬき》？」

「知らなかった？　砂かけ婆はもともと奈良県の有名なあやかしだけど、正体は狸が化けたあやかしなのよ」

真奈歌姉さんが教えてくれる間にも、砂かけ婆は大きな狸姿に変わったり、おばあさんの姿になったり、明滅するように頻繁に切り替わっていた。

「これって、弱ってるってことなんですか」

「霊力が維持できなくて、人間の姿を保っていられなくなっているのね」

最初から弱っている印象ではあったけど、かなり厳しい状況なのかもしれない。

「何とかしてあげられないんですか」

「『あやかし万葉茶房』は、こういうふうに霊力が落ちたあやかしを助けるためのお店でもあるんだけど……葛湯も飲めないほど弱っているのでは……」

真奈歌姉さんが顔を曇らせる。

厨房から吉野さんが顔を出した。

「茶粥を作ってみましたが、食べられそうですか」

真奈歌姉さんがお礼を言って吉野さんから茶粥を乗せたお盆を受け取った。香ばしいお茶の香りが広がる。先ほど、のっぺらぼうも食べていたものだ。お店のメニューによると、ほうじ茶で作ったお粥で、奈良の郷土料理らしい。

「砂かけ婆のおばあさん、これ、食べられそう？」

真奈歌姉さんに背中を支えられるようにしながら、砂かけ婆が茶粥に手を伸ばした。軽くすくって何度か息を吹きかける。ひと口、砂かけ婆が茶粥を含んだ。わずかな量のお粥にもかかわらず、ゆっくりと何度も咀嚼《そしゃく》する。

「ああ……」と深いため息とともに飲み下した。

だが、砂かけ婆はひと口で食べるのをやめてしまった。小さく首を横に振っている。

「おいしいんやけどねえ……」

砂かけ婆がふわっと狸《たぬき》の姿になった。

「食べないと、元気にならないわよ」

「うん……うん……」

狸の姿の砂かけ婆が頷くが、匙《さじ》は進まない。

「どうにかして元気にしてあげられないんですか」

いかにあやかしとはいえ、目の前でおばあさんが弱っていき、それに対して何もできないでいる状況というのは耐えられなかった。日がたつごとにだんだん弱っていき、息を引き取った父さんの姿とダブってしまう。

何とかしたいなと思っていると、真奈歌姉さんがしばらく僕の顔をじっと見たあと、真剣な表情で言った。

「じゃあ、彰良くんも手伝って」

その言葉に即座に頷いた……のはいいのだが。

「どうすればいいんですか」

無理やり食べさせるわけにはいかないし、代わりに違う料理でも作ればいいのだろうか。母親がいなかったから、僕はそれなりに料理ができる。でも、あやかし向けの料理なんてどうしたらいいのか。天狗でもない僕に作れるのか。

あれこれと悩んでいると、真奈歌姉さんがこちらを見て笑った。その笑みには、どこか苦いものが混じっているように見えた。

「彰良くん、きみの念《おも》いはとても強い。彰良くんがお父さんの病気の回復を祈っていたころ、その念いが東京から奈良の私のところまで伝わってきたくらいだったわ。だからこそ、私はお父さんの病気だって知ることができたんだけど」

真奈歌姉さんの言葉にどきりとする。

たしかに僕は父さんの病気が良くなるように願っていたし、どこにいるのか分からない母さんと連絡がつくようにと祈っていた。

「いくら親戚だからって、そんな僕の念いまで分かったんですか」

「私だって、あやかしと関わる体質だからね。そんなことより、いまはとにかくこの砂かけ婆の回復が最優先だわ」

そう言って、真奈歌姉さんが真剣に僕に尋ねた。

「彰良くんは、何になら心を込められる?」

「心を込める、ですか」

真奈歌姉さんが頷く。

「あやかしを思い、あやかしのために心を込める。それは、あやかしを見ることのできる者にしかできない。吉野さんの料理があやかしたちの霊力を回復させるのは、その念いがこもっているから。たぶん、彰良くんも同じようなことができると思う」

「僕が料理を作ればいいんですか。それとも、お茶とか」

真奈歌姉さんは首を横に振った。

「見ての通り、葛湯もお粥も身体が受け付けないほど弱ってる。もっとダイレクトに、砂かけ婆の心に届くようなものが必要だと思う。彰良くん、何か心を込められるものはない？」

ややつり目で切れ長の目が、僕に深く深く問いかける。

僕にできること。

僕が心を込めてできること。

面と向かってそう問われても、あやかしが見える以外には普通の高校二年生の僕に何があるというのだろう。

そもそも、あやかしが見えて、その声が聞こえる――それが理由で、僕はいつも他人に深入りしないようにしてきた。小さいころ、この体質がバレて怖がられたりいじめられたことが何度かあって、自然と周りと距離を置くようになったのだ。

この体質を否定しないでくれたのは、考えてみれば父さんだけだった。あとはきっと、父さんの口ぶりから想像するに、味方になってくれそうなのは母さんくらいだろう。

そんな僕に、何があると言うんだ。

「真奈歌姉さん……僕には――」

「きみの体質があっても、お父さんやお母さんは味方だったでしょ？　お父さんが残してくれたものや、お母さんを感じさせるもの。何かそういう心の深いところで大切にしているもの。よく考えてみて」

真奈歌姉さんがさらに深く僕に問いかけた。言われるままに考えて、考えて――。

僕はふと、あるものに行き着いた。

「『万葉集』……」

「『万葉集』？」

僕はリュックサックのファスナーを開けて中を探る。

これだけはいつでも読み返せるよう、引っ越し業者に預けずにリュックサックに詰めてきていたはずだった。

「あった」

手に取ったのは『万葉集』の本。歌の数が多いため、文庫本で四冊分にもなる。小口は手垢《てあか》で黒くなり、角は丸くなっている。カバーは折り目で破れてしまったので、セロハンテープで補修していた。

『万葉集』は、いまからだいたい千三百年ほど前、七世紀から八世紀にかけて編纂された日本最古の歌集だ。

もともと、『万葉集』という名前には、「万代に伝えられるべき歌集」や「万の詩歌をあつめたもの」といった意味がある。膨大な数の歌が収録されているので、歌が詠まれた時期は広範囲にわたっていた。

「ずいぶん古い本ね」

真奈歌姉さんが覗き込む。

ちょっと照れくさくも感じたが、説明した。

「これ、父さんからもらったものなんですけど、父さんの話では、これは母さんが残していったものみたいで」

「えっと、つまりはあなたのお母さんの持ち物だったということでいいのかしら」

上手に説明できなかったことで顔が熱くなった。

恥ずかしさをまぎらわせるように、小さく頷いて『万葉集』の古びたページに目を落とす。

数あるページの折り目の中でも、もっとも折り目が深く開きやすくなっているページを開く。そのページのある歌には、赤線が引かれていた。

あかねさす　紫野《むらさきの》行き　標野《しめの》行き　野守《のもり》は見ずや　君が袖振る

(茜色《あかね》の射しているあの紫の草の野の領地を行きながら、野原の番人は見ていないでしょうか、あなたが私に想いを込めて袖をお振りになる姿を)

『万葉集』に収められた歌も、それを作った人の数も膨大だが、その中でも『万葉集』の女王とも言うべき歌人、額田王《ぬかたのおおきみ》の歌だ。額田王がかつての恋人、大海人皇子《おおあまのおうじ》に向けて詠んだものだった。

これを読んだときの額田王の恋人は、大海人皇子の兄にあたる天智《てんじ》天皇。この歌はその天智天皇の前で詠まれたのだという。それを考えると、万葉の人々はさぞかし大らかだったのだろうとも取れるし、額田王が隠すことなく恋慕の情を詠う情熱的な女性だったとも取れる。

「この赤線は、彰良くんが？」

「いいえ、たぶん母さんです」

「そうなの……」

この額田王の歌には、強い筆圧で何回も赤線が引かれている。きっと母さんは、この歌が好きだったのだと思う。彼女の恋の想いに何か共感するものがあったのだろう。

「唯一、母さんが残していったものだったから、父さんもすごく大事にしていました。幼稚園くらいのときに、僕があやかしを見ることができる体質だって分かって、父さんは僕にこれをくれたんです。お守りだって」

真奈歌姉さんが、僕が握りしめている『万葉集』の本を不思議そうに見つめた。

「その本、触らせてもらってもいい？」

「どうぞ」

一瞬ためらったが、真奈歌姉さんに手渡す。

これまでこの本を誰かに触らせたことはなかったが、母さんの親戚にあたる真奈歌姉さんなら安心できた。真奈歌姉さんが本をぱらぱらめくる。

「とても大切にしてきたのね。見れば分かるわ」

「もらったときは小さかったから、歌の意味どころか字もほとんど読めなかったんですけど、なぜか眺めているだけでほっとしたんです。ところどころ引いてある傍線は、母さんが引いたものだって聞いてたし。小学生になってからは、自分で辞書を引いたりして何度も読みかえしました」

真奈歌姉さんが眺めているページに、赤線が引かれていた歌が載っていた。それも恋の歌だった。赤線が引いてあるし、その歌も母さんが好きだった歌なんじゃないかと勝手に推測している。

「線が引いてあるのは恋の歌が多いわね。相聞歌《そうもんか》っていうんだっけ？」

「はい。もともと四千五百首以上ある『万葉集』の半分以上は、相聞歌と言われる恋の歌です。真奈歌姉さんも、詳しいんですね」

「少しだけよ。お店の名前も『万葉茶房』だしね」

もちろん『万葉集』には、恋の歌だけでなく実に多様な歌が収められている。素朴で大らかな歌や力強い歌、漢詩や仏教の影響を受けた歌や繊細な歌が、時代を超えて変わらぬ想いを伝えてくる。

恋に身を焦がす男の歌もあれば、女性の情念の燃え立つような歌もある。

大和の国の繁栄を願う歌もあれば、名もなき庶民の日常の風景の歌もある。

さまざまな土地の美しい景色、四季の移ろいを詠んだ歌もあれば、親子や夫婦、家族の情愛の細やかな気持ちを歌にしたものもある。

千数百年の時を超えて、同じこの国に生きた人たちの喜びと悲しみと息づかいが聞こえてくるのが『万葉集』の歌なのだ。

「相聞歌の他には、亡くなった人の魂を鎮めるための挽歌《ばんか》とか、宮廷に関わる歌や四季の有り様などを詠んだ雑歌《ぞうか》があるんですけど、『万葉集』には天皇や貴族たちだけでなく、身分や地域の違ういろんな人々の歌が収録されているんです」

少し声を小さくして「そういうところが、僕は好きで……」と付け加えて続ける。

「一般庶民の歌も多くて、九州を守っていた防人《さきもり》や下級役人たち、農民まで幅広く歌を作っています。身分の上下、老若男女の区別もなく、みんなの心がそのまま歌になっていて……」

真奈歌姉さんが、僕に本を返しながら言った。

「素敵な気持ちだと思う。この中にあるきみの好きな歌を、おばあさんに聴かせてあげて。歌には想いが、祈りが乗る。どんなに時を経ても尽きることのない万葉人の念《おも》い。当時の人々の心が、きっとおばあさんを癒やすから」

「僕に、そんな大それた力は――」

慌てて否定しようとすると、真奈歌姉さんが途中で遮《さえぎ》った。

「あやかしが見えて、彼らの声が聞こえることは特別な力よ。たしかにあやかしが見えない人間たちからしたら不気味かもしれない。いじめられたりもするかもしれない。でも、その力はあやかしたちにとっては貴重なものなの。それに、何より彰良くんは、このおばあさんが苦しんでいるのを、助けたいと思っているんでしょ？」

真奈歌姉さんの優しい声が、沁《し》み入るように僕の中に入り込んでくる。

「僕がこの歌を詠み上げることで、砂かけ婆を助けられるんですか？」

「心を込めて、祈りを込めて。万葉人の心とひとつとなって歌を詠み上げれば、きっと――」

僕は再び『万葉集』のページをめくった。

好きな歌はたくさんあるが、自分の好きな歌を押しつけるのも違うだろう。

この砂かけ婆にふさわしい歌を探さなくては――。

砂かけ婆を見ると、完全に狸《たぬき》の姿になっていた。

石《いは》ばしる　垂水《たるみ》の上の　さ蕨《わらび》の　萌《も》え出《い》づる春に　なりにけるかも

（岩の上をほとばしる滝のほとりの早《さ》蕨《わらび》が、萌え出てくる春になったことだなあ）


春、滝のほとりに蕨が芽吹いたことを詠んだ歌だ。

勢いのある滝の水と、ささやかな早蕨の芽吹き。蕨は昔から食べられていたみたいだが、『万葉集』の中で蕨について詠われているのはこの一首だけだ。身近にあるものすぎたから、特に歌に詠もうと思う人がいなかったのだろうか。

歌に込められた春の喜び、その息吹が、砂かけ婆を癒やしますように――。

それこそ祈るような気持ちで詠み上げると、不思議なことが起こった。

歌を詠み上げると、その歌の音の一文字一文字が光の玉になったのだ。これも、この「あやかし万葉茶房」の為せる業なのだろうか。

「きれい……」

真奈歌姉さんがその光の玉の輝きにうっとりした表情になった。その光の玉がぐるりと砂かけ婆の狸の周りを巡り、吸い込まれていく。

ややあって、狸が呻《うめ》いた。

「ああ……暖かいなあ……」

狸がぱっちりと目を開き、よろよろしながらも自分の力で起き上がった。

人語を話す狸というのも不思議なものであったが、それよりも砂かけ婆が目を開けた喜びの方が大きかった。

「おばあさん、気がついたの？」と、狸姿にもかかわらず思わず声に出していた。

狸姿の砂かけ婆は、にっこりと僕に笑顔を見せた。

狸の顔でも、笑っていることがしっかり分かった。

「あんたの声……きれいやなぁ。心がすーっとしたわ……」

まだ息が苦しげだが、きちんと言葉をしゃべっている。

僕の不思議な体質は、ずっとマイナスでしかないと思っていた。人から気味悪がられるだけでいいことなんて何もないんだと——それが、あやかし相手とはいえ人の役に立つものだと分かってうれしかった。

この不思議な現象のおかげで、砂かけ婆だけではなく僕自身も救われた気がしていた。

僕の歌で少し回復したとはいえ、砂かけ婆はまだ辛そうだったので、一晩、お店で面倒をみることになった。

真奈歌姉さんはお店の二階に住んでいて、同じ二階の空いている一室が僕の部屋だった。僕はその日、届いていた荷物の荷ほどきをしながら、なぜか僕の部屋で寝かせることになった砂かけ婆に、ときおり万葉の歌を聴かせてあげた。

そのおかげもあって砂かけ婆はだいぶ落ち着いてきて、夜には茶粥も半分くらいは食べられるようになっていたが、まだおばあさんの姿には戻れないでいた。

そんなわけで、結局、その後も僕は求められるままに一時間に一度くらいの頻度で、夜が明けるまでずっと狸姿の砂かけ婆に万葉の歌を聴かせることになった。

おかげで翌日、僕は転校初日の授業中に居眠りをしてしまい、生活指導室へ呼び出されることになった。

2

いろいろと言いたいことはあるが、まず明言しておきたいのは、僕が生活指導を食らったのは初めての経験だったということだ。

つまり、とてもへこんだ。

ましてや、転校初日だ。

朝、クラスメートの前に立ってみんなに自己紹介したかと思ったら、授業が始まってすぐに居眠りである。どんな不良だ。絶対に、周りの印象を悪くしたと思う。ただでさえ、標準語と奈良の方言の壁を感じていたというのに。

一応、担任の中年の女性教師は「引っ越し疲れもあると思うけど……」とフォローしてくれたが、いろいろと心配されたのか放課後、生活指導室へ呼ばれることになった。

「昨夜は、よく眠れなかったのかな」

「ええ、荷ほどきが思ったより時間がかかって……」

半分ほんとう、半分嘘というヤツである。

いやー、昨夜は砂かけ婆の元気を回復させるために、一時間に一回くらい万葉の歌を聴かせてあげてたんですよ。僕のエネルギーとか霊力的なものが取られているのか、三十一文字の歌なのにやたらと疲れるんです。それを一晩中だったんで、朝からくたくただったんですよねえ。

なんて言えるわけがない。あらためて考えてみても、一体僕は何をやっているのだろうと自分でも思ってしまう。

「お父さんも亡くされて慣れない環境だろうけど、まずはしっかり寝て。あと、いっぱい食べて」

「はい」

親身になって励ましてくれる担任の先生の好意が少し心苦しい。

生徒指導室を出て放課後の教室に戻ると、誰もおらずがらんとしていた。

部活生の声が校庭からする。

陸上部の女子が、もも上げダッシュを何本もやっていた。

担任から部活に入らないのかと聞かれたが、入らないつもりだと答えていた。できれば部活に入った方がいいと勧められたが、「親戚の家に住まわせてもらっているので、親戚がやっている喫茶店を手伝いたい」と言って断った。

どこか運動部に入って部活や試合の最中にあやかしものが見えた日には、とんでもないことになりそうだ。東京にいたときも、同じ理由で部活には入らなかった。

それに、実際、真奈歌姉さんからは「万葉茶房」の仕事を手伝って欲しいと頼まれていた。僕が砂かけ婆を歌の力で癒やしたことに目をつけたのもあるだろうが、単純にお店が人手不足なんだろう。


学校から「万葉茶房」までは、歩いて十五分くらいだった。

初日だからもう少し早く帰れると思っていたのだが、生活指導のおかげで遅くなってしまった。お店はもう、午後の営業が始まっているころだ。

「万葉茶房」の営業時間は、十一時から十四時までと十六時から二十時まで。間の二時間は、休憩と仕込みの時間だ。

昼と夕方以降では、メニューが少しだけ違う。夕方以降は少しだけお酒も出している。

「今日の休憩時間に、簡単な仕事の内容を教えてもらう予定だったんだけどなあ」

いろいろと焦りながら、帰宅を急ぐ。

登校初日に生活指導室に呼ばれたうえ、バイト初日の遅刻だ。

似通った町家づくりの建物の中に「万葉茶房」の看板を見つけた。

やっぱり営業中の札が出ていた。そのまま戸口をくぐりそうになって、慌てて踏みとどまる。従業員扱いだから、裏の勝手口から出入りしてくれと言われていたのだ。

隣の町家まで歩き、そこからぐるりと回り込む。建物が隣接しているため大回りしなければならないのだ。

角を曲がったところで、勝手口の前に立っている小さな人影が見えた。全体的な雰囲気からして十歳にも達していないくらいだろうか。まだランドセルが似合いそうな少女が、勝手口を塞ぐように腕を組んで仁王立ちしていた。

長いさらさらの髪をツインテールにした女の子は、目が黒目がちで可愛らしいが、何を怒っているのか厳しい目つきだった。

こんな場所で十歳くらいの女の子が怒って立っているのに、なぜか周りの人は無反応で往来を歩いている。この様子を見る限り、この少女もあやかしのようだった。

うん、今日も「あやかし万葉茶房」は繁盛しているようだ。だが、勝手口を塞がれるのはちょっと困る。

「ごめんね？　ちょっと通してもらっていいかな」

できるだけ丁寧にお願いしたが、キッと睨《にら》まれた。ちょっと怖い。

「あんた、うちが見えるん？」

僕より身長が低いにもかかわらず、あごを軽く反らせて下目遣いで睥睨《へいげい》している。

「うん。まあ、一応」

いきなり睨んでくるのだから、あまり人間に対して好意的なあやかしではないのかもしれない。ただ、外見は子供だし、極端に恐れる必要はないだろう。それに、昨日の真奈歌姉さんの言葉が正しければ、吉野さんがいる限り僕はこの辺り一帯のあやかしに脅かされることはないはずだ。

そんなことをつらつらと考えていると、女の子がすっと僕に右手を伸ばした。なんだろうと思っていると、その掌を上にしてますます目を鋭くして睨みつけてきた。

「うちが見えるんやったら、お金頂戴っ」

「は？」

思わず変な声が出た。女の子の方はといえば、さも当然であるかのように、地団駄を踏みながら勝手な主張を繰り返した。

「ねえ、お金頂戴っ。頂戴ってばっ」

「いや、ちょっと待って。きみってあの、あやかしさんなんだよね？」

ひとりっ子だし、小学生くらいの女の子と話す機会なんてほとんどないので、妙な言葉使いになってしまった。

「そうや。だから、このお店に入りたいんやっ」

「あ、『あやかし万葉茶房』のお客さんなんだね。いらっしゃいませ」

お客様へのご挨拶は大事だと思い、歓迎の声をかける。

「『いらっしゃいませ』ってことは、あんた、ここの人？」

「まあ、昨日からだけど」

女の子が会心の笑みを浮かべた。

「だったら、うちにお金頂戴っ」

「いやいやいや」

引っ越し早々、幼女にお金をたかられるとは……。

「困ってるあやかしを助けてくれるって聞いてんもん。お願い。あたしを助ける思って、お金を頂戴っ」

戸惑っていると、女の子が、やれやれとため息をついた。

ちょっと馬鹿にされている感じを受けたが、彼女の前にしゃがみ込んで目線を合わせ、できる限り優しく説得する。

「見たところ、きみは子供のあやかしみたいだけど、お家の人みたいなのはいないの？　その人からお金をもらって出直したらいいんじゃない？」

「うー……」

女の子が不服そうに顔を歪めた。肩を怒らせて若干うつむく。目にはじんわりと涙がたまっている。

ちょっと言い方が厳しく聞こえてしまったのだろうか。このまま泣き出したりしたらどうしよう。

「あ、あのさ、ごめん。そんなつもりじゃなかったんだけど」

オロオロしていると、女の子が涙目でキッと睨《にら》みつけ、威勢よく怒鳴りつけた。

「あほぉぉ！」

「ぶわっ！」

怒鳴りつけるとともに、女の子が右手を勢いよく振る。

突然、僕の顔に何かが大量に降りかかった。

「ぺ、ぺ……。なんだこりゃ……砂か？」

女の子が僕の顔に砂を投げつけたのだ。

顔にぶちまけられたので、頭も目鼻も口も、首の中まで砂まみれになってしまった。

その砂を吐き出したり叩いたりしながら思う。この子は砂を地面から拾ってはいない。そもそも、この辺りにこんなにサラサラした砂はない。となれば、この子は自分のあやかしとしての力で砂を投げつけたことになる。

つまり、この子は、昨日の砂かけ婆の関係者ということになるのか。

砂を落とし終えて顔をあげると、女の子はやや涙目ながらも腰に手を当てて僕のことを睨んでいた。加害者の方が堂々としているって、どういうことよ？

「ねえ、ええからお金頂戴ってば」

同じ主張を繰り返す彼女に、ひと言何か言わねばならないだろうと思ったときだった。

勝手口が大きな音を立てて開いた。

「なんだ、騒々しい」

出てきたのは、コック服に身を包んだほっそりした物憂げでクールなイケメン、吉野さんだった。

「ああ、吉野さん。この子なんですけど」

「ああ？」

吉野さんの反論の余地を与えない鋭い目つきに、女の子が固まった。そばで見ていた僕もビビるくらいなのだから、すごい迫力だ。

吉野さん、子供相手なのだから少しは手加減してはいかがでしょうか……。

女の子が震え始めた。

吉野さんが目線を動かして僕の方を見る。何かを察したのか、とりあえず女の子の首根っこをつまみあげた。まるで仔猫扱いだ。

「うきゃあああ、何すんねん」

「うちの従業員に砂をぶつけるとは、いい度胸だ。二度とこの店の敷居をまたげないようにしてやろうか」

「ストップ。吉野さん、ストップ！」

ちょっとシャレにならなくなりそうだったので、僕は慌てて止めた。吉野さんが僕をちらりと見る。

「あやかしに舐められるのは良くないぞ、彰良くん」

「そういうのではなくてですね。ほら、砂ってことは、昨日の砂かけ婆と関係があるんじゃないんですか」

僕が「砂かけ婆」という単語を出した途端、吉野さんに吊り上げられていた女の子が反応した。

「ばっちゃいるの⁉　ばっちゃのとこ行くっ」

女の子がじたばたと暴れ始めた。

「こら、暴れるな」

「この子、砂かけ婆の親戚とかじゃないですか。ちょっと中に入れて、話くらい聞いてやってもいいと思うんですけど」

「……彰良くんがそう言うなら、特別だ」

吉野さんが急に手を離したので、女の子は尻餅をついて地面に落ちた。さっき、ばらまかれた砂が少し舞い上がった。

砂かけ婆は相変わらず狸《たぬき》姿のまま、僕の部屋で寝ていた。

そばにあるサンドイッチは、半分ほど食べ残されている。まだ食欲は完全に戻っていないらしい。

「おばあさん……」

僕が声をかけると、砂かけ婆はすぐに目を開いた。眠ってはいなかったらしい。

「ああ、彰良くんか」

その声がするのが早いか、後ろについてきた女の子が僕を押しのけるようにして部屋に飛び込んだ。

「ばっちゃ！」

急にしがみついた女の子を見て、狸姿の砂かけ婆が驚いた声を上げる。

「阿砂子《あさこ》⁉」

「うわーん、ばっちゃ、どっか行っちゃったかと思って心配したよぉー」

女の子が大きな声で泣き出した。

その声が聞こえたのか、階下から真奈歌姉さんが上がってきた。

「ずいぶん賑やかだけど、どうしたの？」

相変わらず大きな声で泣いている女の子に代わって、狸《たぬき》の砂かけ婆が身体を起こして答えた。

「真奈歌さん、彰良くん、騒がせてすまんねえ。この子は、うちの孫娘の阿砂子いうんや。ほら、阿砂子、ちゃんとご挨拶せんと」

しゃくりあげていた阿砂子が片手でしきりに涙を拭きながら、ちょこんと会釈した。

「はい、よくできました。阿砂子ちゃんね？　おばあちゃんのことが心配でここまで来たのかな？」

涙を拭きながら、阿砂子がこくこくと頷く。

「ばっちゃ、病気になったって聞いたから、ひくっ……薬欲しくて……でも、お金もないし……。それで、ひくっ……困ってるあやかしを助けてくれる場所があるって噂で聞いて、ここに来てん」

真奈歌姉さんが、一生懸命説明しようとする阿砂子の艶やかな黒髪を撫でた。

「そっか。阿砂子ちゃんはおばあちゃんが大好きなんだね」

阿砂子が大きくしゃくりあげて何度も頷く。

「ばっちゃ、どっか行っちゃったから、ううっ……、めっちゃ心配して……」

「すまんねえ。ばっちゃ、大丈夫やから」

砂かけ婆がそう言うと、孫娘の方は再び泣き出して、狸姿の祖母にしがみついた。

さっき、外で会ったときの横柄極まりない態度とは別人のようだった。

「あのね、阿砂子ちゃん、このお兄ちゃんがね、おばあちゃんのために『万葉集』っていう昔の人間の作った歌を聴かせてくれたの。それで、おばあちゃん、元気になってきたのよ」

泣きやんだ阿砂子が、不思議そうな顔で僕を見上げた。

「あんたが？」

「うん。まあ……そうだね」

ほんとうに自分の力でおばあさんが元気になったのか、いまいち確信が持てなかったので曖昧な返事になる。

「ごめんなさいっ」と阿砂子が突然、土下座した。

「えっ、どうしたの、急に？」

「……さっき、砂ぶつけたから」

そういえばそうだった。

首の辺りのざらざら感が思い出されて気持ちが悪い。

「ほんとなの、彰良くん？」

真奈歌姉さんが苦笑いで尋ねてくる。

「ええ、ちょっとびっくりしました」

「その状態で家に入ってきたんでしょ？　家の中を砂まみれにしないでね」

「はい……」

「顔が汚れてる。おしぼり取ってくるから待ってて」

真奈歌姉さんが、すたすたと足音を立てながら下へ降りていく。ちょっと怒られてしまった。

「ごめんな、彰良くん」

狸姿の砂かけ婆が頭を下げた。孫の方もまた土下座の姿勢になった。

小さな女の子に改まって土下座までされると、とても恐縮してしまう……。

「それよりも、具合はどうですか。また、歌を聴かせましょうか」

照れくさいのでそう持ちかけてみると、狸の顔がほころんだ。

「そうしてくれるとうれしいなぁ」

僕は何度か深呼吸して心を調《ととの》えた。

昨夜、何度も万葉の歌を詠み聴かせていたおかげで、効率的に霊力を込める読み上げ方が、何となく分かってきていた。いろいろやってみたが、深呼吸で心を平穏にするのがいいようだ。

わが園に　梅の花散る　ひさかたの　天《あめ》より雪の　流れ来《く》るかも

（私の庭に梅の花が散る、遥かなる天の果てから雪が流れくるよ）

どうも砂かけ婆には、自然に関連した歌が沁《し》みるらしい。

そこで、今回はこの歌にした。

貴族で歌人の大伴旅人《おおとものたびと》が、筑前《ちくぜん》の梅を詠んだものだという。梅の花の舞い散るさまを雪にたとえたきれいな歌だ。花の散る姿を雪にたとえる表現の原型のひとつともいわれている。

青い空を背景に、雪のように白く穢《けが》れない花びらが、ひらりひらりと舞い降りてくる。

万葉の歌に乗せられた遠い過去の時代の念《おも》いが三十一の光の玉になり、狸姿の砂かけ婆の周りを巡ると、その身体へ吸い込まれた。

「ああ……」

砂かけ婆が、温泉につかったときのような気持ちのよさげな声を上げる。

その姿がふわりふわりと揺れ動く。狸姿が人間の姿に変わろうとしていた。

「おばあさん、人間の格好に戻れるようになったんですね」

昨日、今日と歌を詠み続けた甲斐があってよかった。

そう思ったところで、不意に疲労感が襲ってきた。猛烈な眠気に意識が朦朧《もうろう》とする。

「彰良くん、お疲れ様」

気がつけば、真奈歌姉さんがお盆におしぼりと湯飲みを載せて戻ってきていた。砂かけ婆の姿を見て驚きの声を上げる。

「すごいわ。おばあさん、人間の格好になれるということは、かなり霊力が戻ってきたのね」

「あ、ありがとうございます」

真奈歌姉さんからおしぼりを受け取って顔や首回りを拭くと、一本目はあっという間にじゃりじゃりになってしまった。二本目もすぐに真っ黒になり、三本目でやっとおしぼりで顔を拭く気持ちよさを味わうことができた。

「はい。葛《くず》湯。疲れたときは甘いものよ」

手渡された湯飲みの熱が心地よい。

白い湯気に息を吹きかけ、口をつける。とろりとした半透明の熱い葛湯が舌先に触れ、優しい甘みが舌に広がった。

「おいしいです」

「吉野さんの作るものは天下一品だからね。さ、おばあさんも」

「ああ、ありがとう」

おばあさん姿に戻った砂かけ婆は両手で湯飲みを受け取ると、息を吹きかけながら少しずつ飲み始めた。昨日は葛湯もあまり飲めなかったことを考えると、かなり体力が回復したようで良かった。

「阿砂子ちゃんの分もあるわよ……。って、やだ、その格好で寝ちゃったの？」

真奈歌姉さんがくすくす笑った。

見れば、阿砂子ちゃんが土下座姿勢のままで眠ってしまっていた。

「あれ、阿砂子ったら——」

「子供って、こんな格好でも眠ってしまうんですね」

「うちらの里はずっと南の山の中やから、ここまで来るのに疲れたんやろうな」

砂かけ婆が、孫を起こさないようにゆっくり静かにひっくり返す。手は土下座の姿勢のままで阿砂子は眠っている。唇がもにゅもにゅと動いていた。

僕も手伝って砂かけ婆の横に寝かせたが、まったく起きる気配がない。

「子供の寝顔って、かわいいですね」

「彰良くん、砂をぶつけられたのに、優しいのねえ」

「ちょっとびっくりしましたけど」

無防備な寝顔を見てしまうと、恨む気にもなれなかった。

阿砂子に布団を掛けた真奈歌姉さんが、砂かけ婆に振り返った。背筋を伸ばして真正面から砂かけ婆を見据えると、真剣な面持ちで尋ねた。

「砂かけ婆のおばあさん、あなた、いつまでの命なの？」

3

あやかし——人間の五感では捉えられない存在。お化け、妖怪の類。

山岳信仰における天狗や稲荷大明神《いなりだいみょうじん》のお使いのお狐様《きつね》のような存在も含むだろうし、目に見えない存在という意味では、神社の神様たちまであやかしという言葉の中に入れてもよいかもしれない。

本来、あやかしたちは人間の五感で感じられないが、あやかしの格が高くて力が強ければ、人間の目にも見える物質化した身体を持つことができる。

身近なところでいえば、この店のシェフの吉野さんは大天狗のひとりだが、外見はどこか物憂げなクール系男子の姿をしている。

「うちも本来は、そういう人の子と同じくできる力があったんや」

砂かけ婆が訥々《とつとつ》と語り始めた。話しながら、骨ばって痩《や》せた指で愛孫の髪をときどき愛おしげに梳《す》いている。阿砂子は眠ったままだった。

「うちらあやかしは、人の子に姿は見えへん。けれども、人の子たちがおらんかったら生きてはいけけん。人の子たちの『不思議を信じる心』がなければ生きていけないんよ」

真奈歌姉さんが静かに頷く。

僕は初めて聞く事実だったが、真奈歌姉さんはすでに知っているようだった。

「人の子の世の中はいろいろと変わってきた。時代というものなんやろな。けど、変わっていくなかで目に見えないもの、手で触れられないもの、耳で聞こえないものを忘れていってるんやないか」

砂かけ婆の言っていることは抽象的だったが、だからこそ僕の心を引っ掻《か》いた。

これまでの僕にとって、あやかしは見えはするけど話をじっくり聞くような対象ではなかった。

いまこうして砂かけ婆の話を聞いていると、あやかしと言ってひとくくりにしているけれど、僕には計り知れないひとつの知恵みたいなものを感じる。人間にもいろんな人間がいるように、いろんなあやかしがいるのだろう。

「人間たちがそういう目に見えないものを信じる心をなくしたら、どうなってしまうんですか」

気になって目の前の老婆に尋ねたが、砂かけ婆は首を横に振るばかりだった。

「神さんやないから、うちにはよう分からん。ただ、たぶんうちらは生きていけんのとちゃうかな。それが十年後なのか、明日のことなのかも分からん。うちがこの世に生を受けてから、こんなに『信じない人間』ばかりになったときはなかった」

砂かけ婆の言葉は、ずしりと重いものだった。

「それで、おばあさんが弱っているってことなんですか」

老婆は孫の頭を撫でながら頷き、微笑んだ。

「ここにけえへんかったら……彰良くんの歌を聴いておいしい料理を食べへんかったら、もってあと三月《みつき》くらいやった」

「そんなに、弱ってらっしゃったんですか」

僕が心配して声を上げると、老婆は苦笑した。

「あんたが聴かしてくれた歌、あれはええなあ。すごく懐かしい気がする。むかーし昔に、人の子らと遊んでたころを思い出すんや」

「万葉の時代の人々は、神様やあやかしたちと密接に生きていたからだわ。人間だってあやかしだって、この世界の一部であることには変わりはないんだから」

砂かけ婆が真奈歌姉さんの言葉に頷きながら、ぬるくなった葛湯《くず》を飲んだ。そして、なぜか僕に向けて再び笑いかけた。

「あんた、人の子やけどうちが見えるんやろ。うちだけやない。この子も、他のあやかしのことも」

「はい」

「今回はあんたのお陰で生きながらえさせてもろうたけど、このまま人の子たちが目に見えないものを信じられなくなっていくんやったら、うちらあやかしは消えてしまう存在なんや。うちはもう年やけど、孫のためにはもう少し生きてやりたいし、うちが死んだあとにこの阿砂子がそんなふうに消えてしまうのも不憫《ふびん》で、何かよい智慧がないかと方々探してたんや。おおきに。ほんまおおきに。あんたに会えてほんまよかったわ」

老婆が両手を合わすようにして僕に頭を下げた。

「おばあさん、僕はほんと、歌を詠んだだけですから」

恐縮してそう言うと、老婆は声を出して笑った。

「ほっほっほ。そういうところは、あんたのお母さんに似てるんやろな」

その言葉に耳を疑った。

「僕の母をご存じなんですか⁉」

「あんたがおらへんときに、真奈歌さんからあんたのお母さんのことは少し聞いた。奈良のお人やそうやな。うちは噂でしか聞いたことないけど、あんたみたいにあやかしたちにも優しい人やったって聞いてるで」

砂かけ婆の話が僕の心を揺さぶる。

「奈良の出身だというのは僕も知っているんですけど、母があやかしたちにも優しい人だった？」

「あんたみたいに、あやかしが見えたっちゅうことや。あんたはそのお母さんの血を受け継いでいるんやろうな」

「母さんの……血……」

考えてみればその通りだった。

母さんの遠縁だという真奈歌姉さんもあやかしが見える人なのだから、母さんだってそういう人だったと考えるのが普通だろう。

「昨夜はおばあさんの介抱であんまり話せなかったわね、お母さんのこと。きみのお母さんもあやかしが見える人で、あやかしたちのためにいろいろがんばる人だった。この喫茶店だって、元はきみのお母さんのアイデアだし」

「この『あやかし万葉茶房』がですか」

「あやかしたちの霊力を回復する憩いの場としての喫茶店を開いて、ゆくゆくは人間とあやかしを結ぶ場所にしようっていうのが、コンセプトだったの」

初めて聞く話だ。

母さんにまつわる記憶はごくわずかしかない。幼稚園に入るときには、もう父さんとふたり暮らしだった。

この喫茶店が母さんのアイデアによるものかどうかは分からないが、真奈歌さんが嘘をつく理由もない。

それならば――この厄介な、あやかしが見える力が母さんの残していったものだとしたら、それを僕はどう受け止めたらいいのだろう。

僕はこの力のおかげでこれまで友達となじめないできた。学校では、いつもおびえていた。部活にも入れなかった。変なものが見えませんように。見えたとして驚いてしまいませんように。僕がそんな力を持っていると周りの人にバレませんように――。

父さんは母さんが「情の深い人」だっていつも言っていたけど、この力が母さん由来だと知って少し複雑な気持ちになった。

考えごとをしていた僕の手に、砂かけ婆がしわの多い手を重ねた。

目に見えないあやかしの手なのに、温かく感じる。

「あんたの力は、人とあやかしの世界を結ぶ絆としてあるんやろうな」

どう答えていいか分からないでいると、真奈歌姉さんが僕の肩に手を置いた。

「現代の人々は、あやかしの世界から自分を切り離そうとしている。けど、万葉の人々の多くはあやかしのことを知って受け入れていたし、きみのような力を持つ人も多かったのよ」

砂かけ婆のおばあさんが僕から手を離すと、布団から出てきてきちんと正座した。

「お願いや、彰良くん。いや、草壁彰良殿」

老婆がするりとそのまま深く両手をついて頭を下げた。

「うちらあやかしたちのためにも、この喫茶店で力を使ってはくれへんか」

頭では、何を言われていて何を求められているのか分かる。

その期待に応えるには、今まで自分を苦しめてきたあやかしが見えるというこの力を肯定する必要があるだろうが、自信がなかった。

昨夜はこのおばあさんを助けたくて必死だったが、あらためて問われると気持ちがついていかないのを感じた。

まるでひれ伏すように頭を下げていた砂かけ婆の横で、阿砂子が大きく息を吐いてうなった。どうやら目を覚ましたようだ。

寝ぼけているのだろうか。目をしきりにこすりながら、なぜか僕の顔を見て言った。

「お腹減った……」

思わず吹き出してしまった。

階下から吉野シェフの作る料理のおいしそうな匂いが漂ってくるので、たまらなかったのだろう。

「人間もあやかしも、子供は変わらないものですね」

僕がそう言うと、真奈歌姉さんがまだ目をこすっている阿砂子の手を取った。

「じゃあ、下に行こうか、阿砂子ちゃん。おばあさんも一緒にどうぞ」

まだ寝起きの阿砂子が階段で転ばないように気遣う真奈歌姉さんの姿は、とても優しいお姉さんで……どことなく記憶の彼方にある母さんの気配を感じさせた。

4

「万葉茶房」は賑わっていた。あやかしのお客さんは誰もいなかったが、人間サイドの方に女性客がたくさん来ていた。

「真奈歌さん、これ二番です」

「はいはーい」

一階に降りるやいなや、真奈歌姉さんが仕事に取りかかった。

「見た？　さっきの男の人」

「見た見た。切れ長のイケメンシェフ。最強やんなぁ」

女性客の様子を見ていると、吉野さんをこそこそと話題にしている。さもありなんという気がした。

「お腹減った～」

阿砂子の訴えをおばあさんがなだめている。

「あのー、吉野さん、こっちも注文いいですか」

厨房で忙しく立ち回っていた吉野さんが、ご飯を皿によそいながら答えた。

「ちょっといま忙しくて、少し時間がかかる」

目を向けると、阿砂子がじんわり涙目になっていた。

「彰良くん、作ってあげたら?」

料理を受け取りに来た真奈歌姉さんが、僕にそう声をかけた。

「え、僕が作るんですか?」

「彰良くん、お料理は?」

「まあ、多少はできる方だと思いますけど」

父とふたり暮らしだったのもあって、昔から料理はよく作ったりしていた。

「だったら作ってあげなさい。賄《まかな》いだと思って」

真奈歌姉さんの提案に吉野さんも同意した。

「レシピならあるし、材料もある。きっと歌の力と一緒で、きみならあやかしがおいしく食べられるものを作れるだろう」

阿砂子が期待を込めた視線でこちらを見ている。ちょっとがんばってみようかという気になった。

本音を言えば、実は昨日キッチンを見たときから業務用の厨房で料理をしてみたいとうずうずしていた。

おしぼりで拭いたとはいえ、阿砂子の砂がまだ身体のところどころに残っていたので、僕は大急ぎでシャワーを浴びて清潔な服に着替えた。

厨房に入ると、吉野さんが腰に巻くギャルソンエプロンを貸してくれた。ちょっとうれしかった。

「何食べたい？」

メニューをものすごく真剣な表情で見ていた阿砂子が、砂かけ婆の顔色をうかがう。おばあさんが頷くと、満面の笑みで注文し始めた。

「ナポリタンとサンドイッチとクリームソーダとチョコレートパフェ」

「ずいぶん食べるんだな、おい」

吉野さんがレシピを見せてくれた。

レシピ自体はあやかし用も人間用と変わりはない。聞いたことがないキノコやら虫やらが出てきたらどうしようかと思ったけど、そんなことはなかった。

この場所で作ることに意味があるのだろう。

ナポリタンはしっかり前日のうちにゆでて寝かせてある麺もあるし、サンドイッチの具材もある。調味料の類は当然ながら揃っているので問題ない。クリームソーダは、まあメロンソーダを注いでアイスクリームを浮かべればいいだろう。

チョコレートパフェは、文字のレシピだけでは正解の形が分からなかったので、真奈歌姉さんにスマートフォンに保存してある見本の写真を見せてもらった。パフェなら食後だろうし、写真があれば何とかなりそうだ。

「お腹減った……」

「待ってろよ。いま作ってるから」

今日何度目かの空腹を訴えた阿砂子に声をかけ、ナポリタンの麺にケチャップをからめ始める。火力が違う。お店の設備を使うのは初めてだったが、うまく使いこなせた。

結構、楽しい。

「お、彰良くん、できるじゃないか」

「母さんがいなかったんで、僕が父さんの分もご飯を作ってましたから」

「ナポリタンとサンドイッチを同時並行で作るなんて、大したもんだ」

皿の上にナポリタンを盛り付け、別皿にサンドイッチを並べる。パセリもちぎって飾り、喫茶店らしさを出してみた。

「うわあー」

阿砂子が目を輝かせた。

「クリームソーダ、いま持ってくるから」

「ばっちゃ、ばっちゃ。これもう食べてもいい⁉」

「どうぞ、お食べ」

「うわあい、いただきまーすっ」

クリームソーダを待たずに阿砂子がナポリタンを食べ始めた。慣れない手つきでフォークを使い、ケチャップに染まったパスタを巻いていく。そして、ひと口。

「おいひいっ」

阿砂子がナポリタンを頬ばりながら目を丸くし、おばあさんに大声で報告した。たったひと口で口の周りが真っ赤だった。砂かけ婆が、にこにこと見守っている。

「はい、クリームソーダ」

エメラルドグリーンの液体が細かく泡を立てている。グラスの側面についた無数の水滴が、涼しげだった。上に乗せられたバニラアイスが、ソーダに少し溶けている。缶詰のサクランボが彩りを添えている。

「うわぁぁ……」

口の周りをケチャップで汚した阿砂子が、クリームソーダを夢中で眺めている。

「めっちゃきれいや……。ばっちゃ、飲んでええんよね」

砂かけ婆は、そんな孫娘に目を細めて何度も頷いた。

「里じゃ洋食はないからなあ。ほら、ソーダ飲む前にお口を拭いて」

おばあさんが紙ナプキンで阿砂子の口許《くちもと》を拭く。阿砂子は大好きな祖母にされるがままだった。

「飲んでいい⁉」

「はい、どうぞ」

阿砂子が飛びかかるようにストローをくわえた。炭酸の刺激に慣れていないのか、最初ちょっとびっくりしたような顔をしたが、そのままぐいぐい飲み始める。

「おいしいっ」

長い銀の匙《さじ》で、浮かんでいるアイスをすくって口に運ぶ。アイスを味わいながら、阿砂子がまたしても目を丸くして、おばあさんの腕をぱしぱしと叩いた。

「はいはい、どうしたん」

「ばっちゃ、これすごいっ。生まれて初めて食べた。めっちゃおいしいっ。ばっちゃも食べてみてっ」

アイスクリームを食べるのは、初めてだったようだ。

「うんうん。冷たくておいしいなあ」

砂かけ婆は孫にいっぱい食べて欲しいからなのか、ほんのちょっぴりしかアイスをすくわなかった。

「ソーダも飲んで」

「はいはい」

「このナポリタンっていうのもおいしいよっ」

「おいしいなあ」

「あっ、このサンドイッチもふわふわでおいしいっ」

阿砂子が次々に砂かけ婆に料理を勧める。そのたびに砂かけ婆は、ほんの気持ちずつ口に運び、味を確認した。

おばあちゃんにおいしいものを分けて一緒に食べたい孫の思いと、かわいい孫娘においしいものをお腹いっぱい食べて欲しい祖母。ふたりの姿に、僕はなぜだか知らないけど目頭が熱くなった。

何だろう、この感覚は――。

『ママ、これおいしいっ。ママも食べてっ』

『どれどれ――。ほんとう、おいしい。ありがとう、アキくん』

ああ、そうだ。僕が母さんと一緒に外でご飯を食べたときの記憶だ。お子様ランチかなにかを注文して、それがおいしくてうれしくて……僕は喜んで欲しくて母さんにもお子様ランチを食べてもらって――。

「彰良くん、どうしたの」

「えっ」

真奈歌姉さんが心配そうに僕の顔を見つめていた。

そこで初めて、自分が涙を流していたことに気づく。

「大丈夫？　何かあった？」

「いえ、大丈夫です」

涙をぬぐう。ちょっと恥ずかしかった。

吉野さんが何か言いたそうにしていたが、お店の切り盛りで忙しいのもあったからか結局、何も口にしなかった。それが僕にはありがたかった。

最後のチョコレートパフェに取りかかろうとしたが、ふと思い直す。他のものを食べ終えてからでないと、溶けてしまう。

僕は厨房でパフェの材料を確認しながら、阿砂子の食べる姿を遠目で見つめた。

ひと口目の衝撃が一段落したのか、いまは黙々と食べている。一心不乱というか、心全部を食べることに集中させているような真剣な食べっぷりだった。

その姿を砂かけ婆が微笑んで見ている。

さっき思い出した母親との昔の思い出が、ふたりの姿と重なった。

おいしいものを大好きな人と一緒に食べる喜び。ささやかな喜びだけど、きっとかけがえのないことで——それは人間もあやかしも、一緒じゃないか。

もし僕がこのお店で働くことで、あやかしたちにこうした幸せを味わってもらえるなら、それは何だかとても素晴らしいことのように思えた。

「さあ、ちょっと遅くなったけど、私たちもお昼ご飯にしましょう。おばあさん、一緒に座っていいかしら」

真奈歌さんが笑顔で呼びかける。手にしたお盆には、カレーライスと今日の日替わりランチのおかずの鶏のみぞれ煮が載っている。

「どうぞどうぞ。ほら、阿砂子、ちょっとこっち来《き》ぃ」

「みんなで食べようっ」

砂かけ婆と阿砂子が、笑顔で真奈歌姉さんを招いた。

「お店はいいんですか」

「さっき、ランチの最後のお客さんがお帰りになったわ。吉野さんも、洗い物はあとでいいから一緒に食べましょ」

いろいろな料理が座卓を彩る。その匂いに、あらためてお腹が空いていたことを思い知らされた。ランチの余り物を元にした賄《まかな》いとは思えないくらい豪華だ。

「彰良くんはごはんにする？　カレーにする？」

「じゃあ、カレーで」

砂かけ婆たちふたりだけの食事が急に賑やかになった。

お店の人気の品のカレーライスは、辛さよりもスパイスの香りやコクが効いている。とろとろになるまで煮込んだ玉ねぎとビーフの旨味が素晴らしい。じゃがいもやにんじんは入っていないが、深い満足感があった。

「彰良、これが、昨日言った大和まなのおひたしだ。うまいぞ」

吉野さんが小鉢をくれた。初めて食べる大和野菜は味も深くて、何だか懐かしい気がした。

他にもサラダやスープ、ちょっとした煮物まである。

野菜類のおいしさを味わって、鶏のみぞれ煮に箸をつける。焦げ目をつけた鶏のもも肉に大根おろしを乗せて、自慢の出汁《だし》をかけたもの。さっぱりしているのに鶏の脂の味がしっかり生きていて、出汁とも調和していた。

おいしい。心の中の張り詰めていたものがほろほろと落ちていくようだった。

「ばっちゃばっちゃ、あのお肉も食べてみたいなぁ」

「はいはい」

「あ、僕が取りますよ」

また鼻の奥がつんとしてきたので、身体を動かしてごまかしたかった。

でも、どうしても視界がゆがむ。

「お肉、大きいヤツで」

「はいはい。――はい、どうぞ」

笑顔を作って阿砂子に鶏のみぞれ煮を取り分けた。

阿砂子が、「ありがとう」と満面の笑みで僕の目を見る。

「あったかいご飯、おいしいねぇ」

何気ないそのひと言に、涙が溢れた。慌てて口をへの字にしてうつむくが、ズボンに大きな染みがついた。

「お兄ちゃん？」

「ああ――」

真奈歌姉さんがそっと僕の背中に手を回した。その顔が、記憶のどこかにある母さんの微笑みに重なったように思えた。

「大丈夫？」

「大丈夫です」

阿砂子も心配そうに僕を見ている。吉野さんは、わざと目をそらして黙々とご飯を食べていた。

父さんが死んでからずっと、僕は、ひとりでご飯を食べてきた。

「冷めないうちにみんなで食べましょ？」

真奈歌姉さんの言葉に、はっきり自覚する。

僕はまた、誰かとこんなふうに温かな食卓を笑顔で囲みたかったのだ。父さんが死んでから
激しく息をつきながら、とうとう僕は涙を隠すことをやめた。父さんが死んでから葬葬儀や引っ越し手続きで慌ただしかったけど、いまやっと、初めて父さんの死を心の底からきちんと悲しいと思った。

「あったかくて、おいしいです」

僕はご飯を口いっぱいに頬ばった。

思えばこのときが、僕がこの「万葉茶房」で生きていくことを決心した瞬間だったのかもしれない。

皿のものをほとんど食べ終えた阿砂子が、大きな声を出した。

「お兄ちゃん、チョコレートパフェ」

「ちょっと待っててくれ」

涙をぬぐって厨房へ飛び出した。

冷えたガラスの器を取り出し、バニラアイスとチョコレートアイスを入れていく。生クリームに缶詰のミカンやサクランボを入れたら、あとはチョコレートソースをふんだんに使って仕上げるだけだ。

「お待ちどうさま」

「やったーっ」

阿砂子が、文字通り飛び上がって喜ぶ。その動きとともに、ツインテールがはねる姿がかわいらしい。

特別にチョコレートソースは多めにしたんだ。さあ、心ゆくまで味わってくれ。

阿砂子がひと口食べ、早速両手をバタバタさせて感動している。ひと口目を十分味わい終えた阿砂子が、ひと匙《さじ》すくって砂かけ婆にも食べさせる。

ふたりがまた幸せそうな笑みでお互いの顔を見合っていた。いつまでも見ていたいような、そんな気持ちがした。

すっかり元気になった砂かけ婆のおばあさんは、何度も僕たちにお礼を言うと満腹になった阿砂子を連れて茶房を後にした。ふたりで里へ帰るそうだ。

手をつないで歩く砂かけ婆の後ろ姿は、孫と一緒においしいご飯を食べて幸せを噛みしめている人間のおばあさんと何ら変わるところはなかった。


翌朝、スマートフォンの目覚ましで目が覚めた。

時間は六時。朝ご飯を作ろうかと思ったが、あと十分くらいは寝てもいいだろう。

二度寝しようと布団に潜ろうとした僕の頭に、何か細かい無数の粒が勢いよく降ってきた。

何事かと飛び起きて首回りを払う。大量の砂だった。

「うわっぷっ！」

「何で砂っ⁉」

「あ、起きた」

女の子の声がした。

見慣れたツインテールの姿。昨日、砂かけ婆と里へ帰ったはずの孫の阿砂子だった。

「何でおまえ、ここにいるんだよ」

眠気が一気に吹っ飛んだ。枕も布団も砂だらけである。

正座をした阿砂子は、自分がここにいるのがさも当然であるかのような様子だった。

まじまじと僕を見て言う。

「昨日はごちそうさまでした」

「お粗末様でした」

「ばっちゃ、元気になって里に帰ったけど、昨日うちが食べた分のお金持ってへんかったやろ」

「はあ」

孫と一緒に僕の料理を食べた砂かけ婆は、ずいぶん元気になって里へ帰っていった。

そのとき一緒に帰ったから、てっきりこの子ともお別れだと思ったのだが……。

「そうやなくても『イッシュクイッパンノオンギ』っていうの？　そういうわけで、うちもここで働かせてもらうことになったから」

「は？　何言ってんの。おまえ他の人間には見えないじゃん」

「砂かけ婆の一族は、ちゃんと人間に見える姿にもなれんの。昨日は用心してただけ」

見えるようになったらなったで、この見た目は小学生だ。働かせていいものなのか。学校に行けとか言われないのか。

「人間生活、楽しみー。あ、そうや。お腹空いた。朝ご飯作って」

空腹のせいで眉が垂れて情けない顔をしている阿砂子に、ひとつだけお願いする。

「朝ご飯の前に、この砂を何とかしてくれないかな……」

かくして、僕とあやかしたちとの不思議な生活が始まったのだった。

第二章　吉野の山で結ばれた天狗の友情

1

奈良は盆地のせいか、湿気を伴った夏の暑さは容赦なかった。

『万葉集』に歌を詠んだ人々も、この夏の暑さに耐えていたのだろうか。東京のアスファルトの照り返しによるぐったりするような暑さではなく、どこか天から押さえつけられるような重い暑さだ。

こう暑いと「万葉茶房」のような喫茶店に、お客さんは涼を求めてやってくる。人間も。あやかしも。

「吉野さん、アイスコーヒーふたつ、入りました。よろしくね」

「冷やし白玉ぜんざいとアイスコーヒー、お願いしまーす」

「えーっと、あいすてぃー？ っていうのがふたつ、入りましたー」

真奈歌姉さんと僕が主として人間サイドの喫茶店の給仕をして、阿砂子にはあやかし側をお願いしていた。なるほど、これなら労働基準法的な問題は解決されそうな感じだ。

とはいえ、この態勢も暫定的《ざんてい》なもので、忙しいときには僕が厨房を手伝ったり、時には阿砂子が人間側の給仕を手伝ったりして店を切り盛りしていた。

よくよく考えれば、僕が店の手伝いをしている時間なら小学校も放課後になっているはずだから、僕と阿砂子が一緒に人前に出てもおかしくないと言えばおかしくない。

ただし、重大な問題もある。

なぜ急に、高校生男子と小学生の女の子が働き出したかである。

僕は真奈歌姉さんの親戚だからそれでいいが、問題は阿砂子だった。

「誰かの親戚にするのがいちばんでしょうね」

僕の懸念に対して、真奈歌姉さんがあっさりと答えた。

「だったら、僕の妹、とかですか」

それを聞いて、阿砂子が嫌ぁな顔をした。

そうかい、そうかい。一宿一飯の恩義はどこへ行ったんだか。

腕を組んで考えていた真奈歌姉さんが、ポンと手を叩いた。

「吉野さんの娘ってことにしましょう」

「えっ、いいんですか」

思わず吉野さんを振り返る。阿砂子も心配そうに吉野さんの方を向いた。

吉野さんはいつも通りのどこか物憂げな、見ようによっては不機嫌そうな表情のまま答えた。

「では、そうしよう。阿砂子、おまえはこの店では、俺の娘ということで通す。母親は入院中とでもしておこうか」

「あ、はい……」

阿砂子は何か言いたそうだったが、有無を言わせぬ吉野さんのひと言で話がまとまった。これがあやかしとしての力の差なのかもしれない。

ともかくも、時々現れてお冷やを運んだりする阿砂子は、人間の女性客にすぐ人気になった。

「かわいー。お手伝いしてえらいねー」

「この子、ここの娘さんなんですかー」

聞かれた真奈歌姉さんが、にっこり微笑んで答える。

「ええ。料理を作っているシェフの娘なんです」

「えー、あのコックさん、結婚してたんだー」

「ショックだわー」

阿砂子の存在は、吉野さんの〝虫除け〟にもなっているようだった。

ただ、少し下世話なことを考えれば、吉野さんが子持ちだと分かってがっかりするお客さんもいる気がする。売上に響かなければいいけど。

「でも、ここのランチおいしいから、また来ます」

「ありがとうございます」

「珍しいお野菜がいっぱいで、すごくおいしいです」

「ランチには、季節のお野菜をたっぷり使うようにしています。特に、今日の日替わりだと、副菜で出した香りごぼうのたたきとか、サラダに使った半白きゅうりは奈良名産の大和野菜なので、他県ではなかなか食べられませんよ」

真奈歌さんの接客ぶりもあって、売上減は杞憂《きゆう》だったようだ。

こうして店員が増えたお店は繁盛していたが、そのぶん僕は寝不足な毎日が続いていた。

睡眠時間が足りていないわけではない。「万葉茶房」の営業時間は二十時までだし、真奈歌姉さんは僕のことを気遣って、長時間仕事を手伝わせるようなことはほとんどなかった。

問題は「あやかし万葉茶房」の方だった。

どこで噂を聞きつけたのか、神様やあやかしたちの中でときどき僕を指名するお客さんが出てきたのである。

「万葉の歌で霊力を与えてくれると聞いた」

「食べ物もうまいが、歌の言霊《ことだま》とやらも食ってみたい」

歳をとったあやかしから若いあやかしまで、あるいはナキサワメさんみたいな神様まで、万葉の歌を詠み上げて欲しいと頼んでくるようになったのだ。

世間《よのなか》を　憂《う》しとやさしと　思へども　飛び立ちかねつ　鳥にしあらねば

（世の中をつらいとか恥ずかしいとか思っても、飛び立って逃げることもできない、鳥ではないのだから）

貴族でありながら、貧しい農民や兵士のような庶民のことを多く歌った山上憶良《やまのうえのおくら》という歌人の有名な歌だ。

字面《じづら》の意味としては僕にだって分かるけれども、もっと深い共感みたいなものは、もう少し歳を取らないと分からないかもしれないと感じる歌だ。父さんは、この歌が好きなようでしみじみと口ずさんでいたのを覚えている。

そしてこの歌は、不思議なことに一部のあやかしたちに受けがいい。

「ああ……効くなあ……」

「いまの世の中、人間の子供と遊ぶこともできなくて、誰にも振り向いてもらえなくて、つらいのよ……」

はらはらと涙を流し、来《こ》し方を懐かしむあやかしたちを見ていると、砂かけ婆が僕に「あやかしと人間の架け橋になって欲しい」みたいなことを言っていた理由がおぼろげながら分かる気がした。

ナキサワメさんがこの歌を気に入るのは何となく分かっていたが、日本の国造りに参加したとされている神様の少彦名命《すくなびこなのみこと》をはじめ、他の神様たちにも意外に好評だった。

（そんなことより僕としては、神話に出てくる神様が何食わぬ顔でこの店にやってくることが衝撃だったが）

神様たちの場合は自分の身に照らして歌の心に感動するというよりも、千年以上経っても変わらない人の世の住みにくさを、ともに悲しんでくれている感じだった。

ナキサワメさんでも「ああ、人の世の悲しみ苦しみ……我ら神々も、もっとがんばらなければ……」と言っていたから、やっぱり神様なんだな。

僕が万葉の歌を詠むと、砂かけ婆のときと同じように歌のひと文字ひと文字がきらきらと玉のように輝く光となって、神様たちやあやかしたちに吸い込まれていく。その現象が起こるのは、どの歌でも同じだった。

僕はその光の玉を自分で味わったことがないから何とも言えないが、神様やあやかしにとっては心地よいらしい。

「温泉につかったような気分じゃないかしらね」と真奈歌姉さんが言っていたが、そんなに気持ちがいいなら、出し惜しみするのも何だかかわいそうな気がする。僕としては歌を詠み上げるだけなのだし。

そう思っていたのだが……実際には、詠むだけで体力をだいぶ消耗するのだ。

おかげさまで、僕は授業中の居眠り常習犯になりつつあった。

だが、あやかしたちにはそんな僕の事情も通じない。

そして、奈良という土地柄なのか、あやかしたちの来店はひっきりなしだった。

しかも、奈良県内とはいってても割と遠いところからもやってくる。

広大な平城京跡地、東大寺の大仏様に春日大社《かすが》、法隆寺に飛鳥寺《あすかでら》——同じ古都でも、京都は寺社名跡が比較的まとまっているのに対し、奈良の場合は有名なお寺や神社が広範囲に分布している。そのため、京都ほど観光地化していないところも多く、素朴なあやかしには住みやすいのだろうし、神代《かみよ》からの神様たちもこの土地に留まっているのかもしれない。

観光客かなと思ったらあやかしものの団体だったときには、軽くショックだった。見えない人にとっては何でもないのだが、僕にとっては東京以上に賑やかな日々になりつつあった。

毎日、昼休みの弁当を食べ終わったあとが極めて眠かった。

弁当は、メガネをかけた勉強一筋といった雰囲気の大島《おおしま》と、吹奏楽部でトロンボーンをやっているという小山《こやま》のふたりのクラスメートと食べることが多かった。

「草壁、校庭行かへんか」

弁当のあと、大島が誘ってくれたが睡魔に勝てない。

「いや……ちょっと眠くて……」

「大島や俺とちごて、毎日、お店の手伝いもしているんやろ。偉いよなあ。俺は吹奏楽の昼練に行ってくるわ」

ふたりを見送り、僕はのんびりと机に突っ伏した。

午後は数学。新しい分野に入るから、居眠りをしたらいきなり分からなくなってしまう危険性がある。いまのうちにしっかり寝ておかないと。

「あの、草壁くん？　ちょっといいかな」

いままさに眠りに落ちようとしていたときに、突然、声をかけられた。しかも女子の声だ。思わず飛び起きてしまった。

「は、はいっ」

机を蹴飛ばす勢いで上体を起こすと、目の前に、髪を左右ふたつに結んだお下げ頭でメガネをかけた女子が立っていた。見るからに頭の良さそうな女子だ。実際、授業中の様子を見る限り彼女は優秀だった覚えがある。

「お昼寝のところ、ごめんね」

「い、いや、そんなことないけど……えっと……クラス委員長の」

すぐに名前が出てこなくて気まずい。

「春日《かすが》だよ。春日めぐみ。せっかく一緒のクラスになったんやから、覚えてくれるとうれしいな」

「ああ、ごめん」

大島たちがいなくなって空いていた僕の前の椅子に、スカートがしわにならないように気にしながら春日が座った。距離が近づいたのもあって、ちょっとドキドキした。

「引っ越しの荷物とかは片付いた？」

「うん」

「親戚のお姉さんのところに住んでるんよね。奈良はどう？」

「うん、まあ……」

「慣れない生活で疲れがたまったりしてへん？　授業中、結構つらそうやから」

「ちょっと寝不足で……」

「ふふふ。私も毎日眠いんよね。一緒やね。授業、分かんなかったりせえへん？」

優等生らしくはきはきと僕に質問を重ねてくる。

方言全開の言葉は、どこかしらふんわりした印象で優しかった。

先生に頼まれたのか、クラス委員長としての責任感によるものなのかは分からないが、どちらにしてもちょっとクラスで浮き気味の転校生を心配してくれているのだろう。その気持ちには、素直に頭が下がった。

いや、ちょっとうちのお店、あやかしたちも出入りしていてね。そのあやかしたちが元気になるから『万葉集』の歌を詠み上げて聴かせているんだけど、そのときにかなり体力も気力も消耗するんだ。それで、いくら寝ても寝足りなくて——なんていうことはやっぱり言えるわけがない。

「授業は大丈夫だよ。ありがとう」

春日がにこにこと僕の答えを聞いている。

「草壁くん、部活は入ってないんよね」

「うん。店を手伝ってるからね」

「私も部活には入ってへんのやけど、今日、そのお店に私も行ってみていいかな？」

「えっ⁉」

あやかしの件もあるし、いきなり店に連れて行って真奈歌さんに怒られたりしないだろうか。

「ダメやったりするかな」

「ダメ、ではないけど……ちょっと恥ずかしいというか……」

「私、おうちのお手伝いで働くことは、すごい立派なことやと思うねん」

クラス委員長というものは、家庭訪問までするのだろうか。

春日との会話で、気付けば眠気はどこかへ行ってしまっていた。

おかげで午後の授業も眠らず聞けたのは、ありがたかった。

授業が終わって荷物をまとめていると、ほんとうに春日がやって来た。にこにこと笑っている。

「じゃあ、草壁くん、一緒に帰ろ」

「……女子が、そんな気軽に男子と一緒に帰ろうなんて言うのって、なんというか……」

春日が小首をかしげた。

周りのクラスメートたちは変に冷やかすふうもない。高校生の男女関係は、奈良の方が東京より進んでいるのだろうか。強いて言えば、春日が真面目で優秀な生徒すぎるので、一部やんちゃっぽい生徒がにやついているくらいだった。

「草壁くんの家、ならまちなんよね？」

自転車通学の春日は、歩き通学の僕に合わせて自転車を引きながらついてきた。ならまち大通りを歩いていると、今日も暑いなか、観光客がちらほらとならまちを歩いていたり、奈良町情報館に立ち寄ったりしているのが見えた。

「うん。あのさ、春日、何か、ごめん」

僕が頭を下げると、春日が不思議そうな顔で見つめた。

「どしたん、草壁くん」

「僕が転校早々、授業中に居眠りしたりしているから、担任の先生が心配して春日にいろいろと頼んでるんじゃないかと思って」

「……ああ」と頷いて、春日が楽しそうに笑った。

「担任の先生からだけちゃうよ。さっきも言ったけど、せっかく一緒のクラスになったんやから仲良くなりたいし、クラスメートのことは知っておきたいやん」

僕はまじまじと彼女の目を見つめた。日差しが白いシャツに反射して眩しい。

彼女が嘘をついたりしている気配は微塵も感じられなかった。本心で言っているのだとしたら、その心はとても気高い。それこそ奈良の大仏様のようだ。

その仏のような委員長の春日は、ならまちの町並みを興味深そうに見ながら歩いている。

「私も奈良市内に住んでるけど普通の家やから、こういう町家づくりの家ってすごい憧れるんよね」

そうこうしているうちに、店に着いた。

「ここが『万葉茶房』。この二階で僕はお世話になっている」

「雰囲気があって、いいお店やね」

からからと引き戸が開く。

中から出てきた阿砂子と目が合った。水まきをしようと出てきたようだ。

「ただいまー」

「おかえりー。……って、誰？」

僕の前と言うこともあって気が抜けていたのか、阿砂子の地が出た。

普段慣れない人間相手にがんばって丁寧に接客しているぶん、僕には言葉遣いもぞんざいだった。だが、初対面の春日にその態度はよくない。「こらっ」と叱っておく。

「紹介するよ。この子は、ここのシェフの娘の阿砂子。お店を手伝ってくれているんだ。……ほら、ご挨拶」

「──こんにちは」

警戒ぎみの阿砂子が、不承不承といった感じで頭を下げた。

春日は意に介さず、笑顔でしゃがんで阿砂子に目線を合わせた。阿砂子が僕の背後に隠れようとしたが、それを制する。

「こんにちは、阿砂子ちゃん。お手伝い偉いね。私は春日めぐみ。草壁くんのお友達やよ。よろしくね」

阿砂子が、再び小さく頭を下げた。春日がうれしそうに阿砂子の頭を撫でる。

「せっかくやから、私もお茶させてもらおうかな」

春日の発言に、少し驚いた。

「うちの学校、制服姿で飲食店に寄っていいの？」

「別に、校則違反でも何でもないよ。何かあっても、クラス委員長の仕事の一環で、友達の生活の様子を見に来ただけって言えるし。それに禁止されてたとしても、草壁くんがそんなことで細かく言ってくるような人にも見えへんし」

春日は思ったよりしたたかだった。

店内は適度に混んでいて、僕もすぐに手伝った方がよさそうだった。だが、僕が春日を連れてきたのに気づいた真奈歌姉さんは、何か言いたそうな笑顔を浮かべながら、春日と僕を客として出迎えた。

「はじめまして〜。額田真奈歌です。いつも、うちの彰良がお世話になってます」

「はじめまして。春日めぐみです。草壁くんのクラスの委員長をさせてもらってます。素敵なお店ですね」

家庭訪問のようなやりとりがあったあと、案内されたのは奥の方の席。

「人目につかない方が、いろいろいいでしょ」

真奈歌姉さんが僕に耳打ちした。

「何言ってるんですか。そんなんじゃないです」

僕らはそんな関係ではない。だが、それは僕の勘違いだった。

真奈歌姉さんが、目を少し細めて小声のまま冷静に指摘した。

「バイトとはいえ、従業員が普通にお茶してたらおかしいじゃない」

「あ」

いろいろと気を遣ってくれたようだ。勘違いに気付き顔が熱くなる。

真奈歌姉さんが、僕の首にほっそりした腕を回した。

「で、何が『そんなんじゃない』のかなぁ？」

やっぱり、からかわれていた。

春日には聞こえていないようだった。彼女はメニューを楽しげに眺めると、吉野葛《くず》を使った葛餅を注文した。僕も同じものを頼む。

すると僕の話し声が聞こえたのか、それとも何らかの気配のようなものを感じたのか、どこからともなく悲しげな女性の声が聞こえてきた。

「しくしく……彰良さん。こっちに来て、また万葉の歌を聴かせてくださいませんか」

声のする方向を見れば、この店の常連、ナキサワメさんがあやかしゾーンから顔を出していた。いや、こんなときに顔を出さないで欲しい。

咳《せき》払いをして小さく首を横に振る。春日はあやかしが見えない人なのだ。僕がここでナキサワメさんにリアクションしたら、絶対変に思われる。

「草壁くん、どうしたん」

「いや、何でもないよ？」

ナキサワメさんはいつも泣いているけど神様のひとりである。僕の意図を察してくれたのか、あやかしゾーンに顔を引っ込めてくれた。

だが、ナキサワメさん以外のあやかしが、空気を読まずに話しかけてこないとも限らない。助けが欲しい、誰か近くに来てくれと念じていると、小学生がとことこ歩いてきた。

「阿砂子、阿砂子」

「ん？」

「あっちの部屋、頼むな」

「ん……？」

阿砂子は、不思議そうな顔のまま去ってしまった。ダメかもしれない。

「草壁くん、ちょっと顔色がよくないように見えるけど」

「いや、お客さんとして座るのが初めてだから、ちょっと緊張してて」

僕がごまかしていると、厨房から白いコックコートを着た吉野さんがお盆に葛餅を載せてやって来た。

「お待たせしました。葛餅、おふたつです」

吉野さんの声は、相変わらず低音の聞き惚れるようないい声だった。

目の前に置かれた皿の上の透明な葛餅は、見た目も涼しげできれいだ。「万葉茶房」の葛餅は吉野葛で作られている。きなこと黒蜜が添えてあった。

「どうぞ、ごゆっくり」

そう言って再度頭を下げた吉野さんが、春日に向けてほのかに微笑んで見せた。

目が合った春日が驚いた表情を浮かべる。

滅多に笑わない吉野さんの微笑みは、男の僕が見てもどきりとするほど魅力がある。

吉野さんが背を向けて厨房へ消えていく姿を、春日が首を巡らせて見つめていた。

その様子を見て、僕は最初、また吉野さんのファンがひとり増えたかと思ったが、どうも違うらしい。春日の顔色は真っ白だ。吉野さんに見とれているというよりは衝撃を受けている、と言った方がいいような表情だった。

「春日……？」

声をかけると、春日が我に返ったように首をこちらに戻した。

「あ……、草壁くん、ごめんね」

「どうかした？」

まだ顔色がやや白く、笑顔もぎこちない。春日が葛餅をつつきながら言った。

「さっきの人って、ここのシェフやんね。あの女の子のお父さんやっけ。どこの出身の人か知ってる？」

「シェフの吉野さん？　えっと、奈良の吉野の方だって聞いたけど」

吉野さんは、吉野山の天狗だから名字が吉野なのだ。あらためて考えると、極めて安易な名づけ方だ。春日がその辺を笑いながら指摘するかと思ったが、彼女の顔色が再び白くなった。

「奈良の吉野……」

「何かあった？」

さすがに心配になって尋ねると、春日が笑顔に戻った。

「ううん。何でもない。昔の知り合いにちょっと雰囲気が似てただけ。葛餅、おいしいね」

春日はさっきまでの顔色が嘘だったかのように、おいしそうに葛餅を食べていた。黒蜜のかけすぎなんじゃないかと思うくらい、葛餅は真っ黒だった。

2

引っ越してきて数週間がたったころ、春日が僕を歓迎する意味で、日曜日にクラスメート数名とともに吉野山に遊びに行かないかと誘ってくれた。吉野を選んだのは、世界遺産で有名だし、春日がかつて住んでいたことがあって案内できるからとのことだった。二つ返事で誘いを受ける。小旅行には、すっかり仲良くなった大島と小山に加えて、春日と仲がいい女子もひとり来ることになった。バスケ部部員の竹田《たけだ》夕子《ゆうこ》だ。普段からはきはきとして活発な竹田は、クラスでも目立つ存在だった。

日曜日、待ち合わせ場所に着くと、四人とも揃っていた。ジーンズにシャツ姿の春日をはじめ、全員、山歩きしやすい格好だ。制服姿に見慣れているので、同級生の私服姿は新鮮だった。

奈良から吉野まで、電車で一時間半以上かかる。さらに、そこから山中へ分け入る予定だ。

最初、大島も小山も、こんなすごい企画によくついてきてくれたなと思ったが、道中、その理由が分かった。竹田が一緒だったからだ。ふたりとも基本、僕のことは放置で、竹田に一生懸命話しかけては厳しい突っ込みに晒されていた。

男女の距離感が近いようにも見えるけど、これが関西のノリというものなのだろうか。電車に揺られながら竹田たちのやり取りを眺めていると、何だか自分もごく普通の高校生になったようで変な気持ちがした。

「草壁くん、今日は吉野の山歩きやけど、ちゃんと寝てきた？」

車窓の緑深い山野を眺めていたら、春日が話しかけてきた。

「うん。大丈夫。でも、最近、運動らしい運動をしてないから、大丈夫かな」

「夕子ちゃんは体力あるけど、私はたいしたことないし。のんびり楽しもうよ」

そう言って春日が、僕にスティックタイプのスナック菓子をひとつくれた。

吉野に向けて走る近鉄吉野線から見える車窓の景色はのどかだった。途中、飛鳥《あすか》駅を出ると一段と緑が増した。山の植物が車窓ぎりぎりまで迫り、水田には豊かな緑が広がっている。

奈良はお寺も寺社も多いが、山地も広い。うっそうと広がる森を見ていると、人間の小ささを実感した。僕が住んでいたのは東京の中でも二十三区外だったから都内でも緑が多い方だったが、奈良の山は比べものにならない。

終点の吉野駅のひと駅前、吉野神宮駅に着くアナウンスが流れたときだった。突然、ぱしん、と磁場が変わったのを感じた。

俗世と霊域を分ける結界を越えたのが分かる。

「あ、これ、すごい」

思わず声に出ていた。

「草壁くん、何かおもしろいもん見つけた？」

春日が下りる準備をしながら、つぶやきに反応した。

「いや、何でもない」

そう答えたものの、内心、こんなに強烈に磁場が変わったのに、みんなは何も感じないのだろうかと逆に驚いていた。車窓から見上げると、山の上に黒い羽を生やした人影が飛んでいる。たぶん、天狗だろう。僕がいまから行こうとしているところは、つまりはそういう場所なのだ。

電車が終点の吉野駅に到着した。ホームから駅舎を見ると、三方をすべて山に覆われている。静かだ。降りる乗客は多くなかった。

改札を出ると、お土産物屋さんがいくつか並んでいた。吉野葛《くず》を使った葛餅、葛切り、葛粉に吉野杉を使ったお箸《はし》などを売っている。ソフトクリームのメニューを横目に見ながら、かすかに見えるケーブルカー乗り場に向かう。

だが、よく見るとケーブルカーは故障中だった。

「これ、どうしたらいいの」

春日に尋ねた。そばにある観光案内図を見ると、いくつかの登山ルートが描かれているが、どれもケーブルカーを使うことが前提の所要時間しか書かれていない。

「大丈夫。ケーブルカーの到着地点までバスが出てるから」

春日がそう言うと、ちょうど観光バスふうのバスが一台やって来た。

あとで知ったが、一時間に二本しかないバスのようだから運が良かった。

バスが吉野の山の中を登っていく。乗客は僕たちだけだった。

山の傾斜が厳しいのか、バスのエンジンがものすごい音を立てている。音の大きさの割に、ほとんどスピードが出ていない。あまりに音がうるさくて、エンジンが故障しないか心配になるほどだ。そんな僕とは対照的に、竹田が、「すごい、すごい」と急斜面を登るバスを楽しんでいた。

窓の外に目をやると、杉の木が整然と植えられている。

「これが吉野杉？」

外のまっすぐな木々を指して春日に尋ねた。

「そう。私のおじいちゃんも林業で働いててん」

延々と続く杉の木の列を見ながら竹田が嘆く。

「うわー、こんなに杉の木あったら、花粉症の季節は、うち死ぬ」

「ふふふ。大丈夫やって。吉野の杉は優しいから」

優しくても花粉症とは関係ないのではと思ったが、春日はいたって真面目だった。彼女は、とても懐かしいものを見る眼差しで外を見ていた。

もっとも僕には、杉の木よりもその合間を走り回っているあやかしたちが気になってしょうがない。その数に半ば圧倒されながら、吉野の山の車窓を眺めて過ごした。

ケーブルカーの到着場所でバスを降りると、そこからは歩きだ。

「俺、奈良生まれやけど、吉野山って、初めて来た」

ガリ勉ふうであまり体力のなさそうな大島が、早速息を切らしている。小山も歩くのに精いっぱいなのか、口数が少ない。竹田は疲れも見せず元気そのもので、目を輝かせながら道中のお土産物屋さんを眺めている。傾斜がきつい。バスがターボエンジンみたいな轟音《ごうおん》を立てていた理由がよく分かった。

「案外、そういうものかもね。僕も、東京で生まれたけど、結局、東京タワーにもスカイツリーにも上ったことないし」

「うちの高校の修学旅行って、東京か北海道が多いねんけど、東京やったらどうする？」

隣を歩く春日が、頬を上気させながら尋ねる。

「東京だったら……今度こそ東京タワーに上ってみたいね」

山の中で傾斜がきついとはいえ、アスファルトの道なので歩きやすかった。たまに修験者《しゅげんじゃ》の格好の人たちとすれ違った。吉野山の中心にあたる金峯山寺蔵王堂《きんぷせんじざおうどう》は、修験道の総本山でもあり、観光客が多い。さっきまで僕らしか歩いていなかったのに、この人たちはどういうルートでここに来たのだろうかとびっくりした。

春日がペースメーカー兼道案内役だった。僕らは適度にしゃべり、適度に笑い合いながら、ひたすら歩いた。だんだん足が痛くなってきたけど、楽しかった。

僕たちは春日の案内でさらに深く山の中に入っていく。花矢倉《ななやぐら》というところへ出たところで、適当な場所に腰を下ろして、持参したお弁当を広げることにした。吉野全体を一望できる場所だった。

「すごくいい眺めだね」

あちらこちらから、天狗や人ならぬものの気配が漂ってくる。霊山そのものだった。

「東京から来た草壁くんに、この風景を見せたかってん。桜の季節やったら、ここから一目千本の桜の絶景が見られるよ。もっとも、すごい人やけどね」

何かと気遣ってくれる春日の優しさに、涙が出そうだった。とんでもなく疲れたけど、うれしかった。

「世界遺産の中でお弁当食べれるなんて、贅沢《ぜいたく》やなあ」

竹田が満面の笑みで弁当箱を広げている。

「吉野山は来る者拒まずの場所やからね。お店の目の前でも、神社の境内でも、どこでも、失礼にならへんかったらお弁当食べたりしていいことにはなってんねん」

春日が敷物に座って汗を拭いていた。

風が涼しい。水筒のお茶がとてもおいしかった。

「ああ、疲れた」

お茶をあおったら思わずそんな声が出て、春日にくすりと笑われた。

「吉野いうと、日本史で出てきた壬申《じんしん》の乱を思い出すな」

春日のつぶやきに、竹田が反応した。

「壬申の乱って、何か聞いたことある」

六七二年に起こった壬申の乱は、のちに天武《てんむ》天皇になる大海人皇子が兄の天智天皇の死後に、政権を奪取しようと起こした内乱だ。天武天皇は万葉集にも多くの歌を残しているので、僕も詳しかった。

「天武天皇が壬申の乱の兵を挙げた場所が、この吉野なんだ。その意味でも、この吉野は天武天皇にとって神聖な場所だったみたい。だから、天武天皇は、乱のあと、吉野を訪れたときに歌を詠んでもいる」

同級生の前で披露するのは少し恥ずかしかったが、暗記していた歌をそらんじた。

み吉野の　耳我《みみが》の嶺《みね》に　時なくそ　雪は降りける
間《ま》なくそ　雨は降りける　その雪の　時なきがごと　その雨の
間なきがごとく　隈《くま》も落ちず　思ひつつぞ来《こ》し　その山道を

(吉野の青根《あおね》ケ嶺《がみね》に絶えることなく雪が降ったり、雨が降るように、道の曲がり角ごとにずっともの思いに耽って悩みながら、あの山道をやって来たのだな)

そのとき、びっくりするようなことが起こった。

詠んだ歌が、光の玉になって吉野山中へ消えていったのだ。

「あやかし万葉茶房」で歌を詠んだときと同じ現象だった。

お店であやかしたちに歌を聴かせ続けていたことで、僕自身にも何か不思議な力が宿ったのだろうか。

僕が驚いていると、ひと呼吸おいて春日が手を叩いた。

「すごいなあ、草壁くん」

他の三人も目を丸くしていた。

「いまのは『万葉集』にある歌のひとつなんだ。普通は『五・七・五・七・七』で、短歌だけど、それ以上の長さだから、長歌って言われている歌」

説明しながらちょっと顔が熱くなった。

竹田が感心したように言った。

「そんな長いの、そらで言えるなんて尊敬するわ。奈良に住んでる私より詳しいかも」

彼女がそんなことを言うものだから、小山と大島がちょっとだけ微妙な顔になった。

さらに竹田が「あんたらふたりは、そんなんできなさそうやな」といたずらっぽく小山たちをからかっている。

春日がみんなの分も作ってきたというおにぎりを配りながら、僕の後をついで、さらに細かい解説をしてくれた。

「兄の天智天皇が崩御したあと、皇位継承争いで身の危険を感じた大海人皇子――のちの天武天皇な――は近江を脱出して、不安と失意の中で青根ケ嶺を望みながら山道を歩いて吉野へ逃れたんや」

「やっぱりめぐみちゃん、頭ええね。めっちゃ歴史に詳しい。――あ、昆布や」

竹田が春日からもらったおにぎりを頬ばりながら言った。春日自身も、おにぎりを口にする。

「おにぎり、私は鮭やった。――吉野川沿いに、天武天皇を祭神とする桜木《さくらぎ》神社があるんやけど……大海人皇子が近江から攻められていたとき、ここの大きな桜の木に身を潜めて難をまぬがれた伝説があるねん。周囲を山に囲まれている吉野は、身をひそめるのにぴったりなのもあるんやろうけど、そのあとも、後醍醐《ごだいご》天皇や源《みなもとの》義経《よしつね》も吉野に逃れてるから、吉野の人たちが追われる身の人たちを温かく匿《かくま》ってくれたんやろうね」

僕がもらったおにぎりは梅だった。結構、酸っぱい。

食べ終わったところで、春日の話を受けて、天武天皇が吉野で詠んだ歌をもう一つ披露してみた。

よき人の　よしとよく見て　よしと言ひし　吉野よく見よ　よき人よく見

やはり、詠んだ歌が光の玉となる。さっきのは見間違えではなかったようだ。消えていく光の玉は、この辺りのあやかしたちに吸い込まれていったのだろうか。

「何や『よく』とか『よき』とか『よし』とかばっかりで、よく分からん歌やなあ」

体育座り姿で聞いていた竹田が尋ねてくる。

光の玉が消えていく先を気にしていた僕に代わって、春日が説明してくれた。

「歌の意味は、そのまま訳せば『よい人が、よしとよく見て、よしと言ったこの吉野を、いまの人もよく見なさいよ』くらいの意味かな。詳しい意味は草壁くんに説明してもらおかな」

光が吉野杉の中へ消えていったのを確認した僕は、春日の説明を引き取った。

「さっきの歌には、より深い意味としては、壬申の乱の旗揚げをしたこの吉野の姿をよく見て、あの戦乱を忘れるなと念を押す気持ちがあるんだ。それに、吉野こそが自分の皇統発祥の聖地だと子孫に教えたという意味も含まれている。この吉野の地がなければ、歴史は変わっていたかもしれないね」

おにぎりをもぐもぐしながら、竹田が感心している。

「ふたりとも詳しいんやね」

「僕は『万葉集』が好きなだけで、それに関わる以外はさっぱりだけどね」

「私やってそんなに詳しくはないよ。自分が住んでいたところやから、好きで調べてただけよ。——おにぎり、おいしくできてるかな」

「うん。おいしい」

そう言うと、春日がとてもうれしそうに笑った。せっかくなので、もう一個もらうことにする。

「俺、そういうの全然分からん」

「俺もや。ふたりともすごいよなあ」

ずっと黙って聞いていた小山と大島が、口々に褒めそやしてくれた。

昼ご飯のあとは、しばらくその場で休むことにした。春日が持ってきたトランプをしたり、空いているベンチに寝っ転がったりして過ごす。

ベンチで背筋を伸ばすと気持ちがよかった。仰向けで大空を見つめていると、地球の自転が感じられるような感覚とともに心が解け出していくようだった。

「よいしょ……って、何だかおばさんくさいね」

そんなことをつぶやきながら、春日が寝ている僕のすぐ横に座った。頭のすぐ横にジーンズをはいた彼女の丸いおしりが迫ってきたので、思わず飛び起きる。

「ど、どうしたの」

「あっ……また、お昼寝の邪魔しちゃったかな」

「そんなことは……。今日は、ありがとう。こういうの、すごく楽しいよ」

「そう言ってもらえて、何より」

春日がにっこり笑った。だが、彼女はその後ふっと黙り込む。何か言いたいことがあるが、切り出しにくい様子だった。

「春日、どうしたの——？」

「ん——……」

春日が笑顔で小首をかしげたあと、質問してきた。

「草壁くんのお店ってさ、ちょっと変わったお客さんが来るって、ほんま？」

「ええっ⁉」

大島たちは、鬼ごっこをしているのか向こうで走り回っている。僕たちの会話は聞こえていないだろう。

落ち着け。いまの春日の言葉は、冷静に考えれば「ちょっと変わったお客さん」と言っているだけで、別に、あやかしとは言っていないじゃないか。

「この前、阿砂子ちゃんにチョコレートパフェをおごってあげたら、そんなお話をしてくれたんやけど、大変よね。変わったお客さんって」

「そ、そうだね……」

何だか冷や汗が出てきた。にこにこ顔が怖い。春日はどこまで知っているのだろう。

別に、やましいところはないんだが……微笑む大仏様の掌で逃げ惑う孫悟空の心境だ。

「その変わったお客さんの話、私も聞いてみたいな。毎日毎日泣いてばかりいる女性の話とか」

ナキサワメさんのことか――！　どこまで話したんだ、阿砂子――‼

「いや、僕はあんまりそのお客さんのことは、知らないなあ」

春日と目を合わせるのが怖い。疑るような様子で、春日が「ふーん」とつぶやく。きっと、僕の顔を見て笑っているんじゃないのだろうか。

「じゃあさ、草壁くん。これが、最後の質問」

先ほどまでと声の雰囲気が変わったのを感じて、僕は春日に向き直った。

「たとえば、天狗――とかって、いるんかな？」

僕はどう答えることもできなかった。

ごまかして答えるには、春日の顔つきはあまりにも真剣で、あまりにも切実だったからだ。僕が考えあぐねている遥か頭上、吉野の深い木々の中に、ふと吉野さんに似た何者かの存在が感じられた。

3

ならまちの飲食店のお客さんは、地元の人だけでなく当然ながら観光客も多い。その意味で、日曜日はかきいれどきだ。

ところが、その日曜日は賑わう近隣のお店を尻目に、我が「万葉茶房」には、なぜか「本日臨時休業」の札がかけられていた。日曜日は、お昼前後の忙しい時間だけ手伝っていたが、今日はそれもない。

表のその看板を見て気が抜けて、思わずあくびが出た。

「ちょっと疲れが抜けないから、昼寝でもさせてもらおうかな。——痛っ」

ひとり大きく伸びをしたら、頭を誰かにこつんとやられた。

「今日は覚悟しいや」

何だか怖い笑顔を浮かべた真奈歌姉さんが、怪しげな方言で僕に宣言した。

「今日は、お休みなんですよね。それとも、団体の予約があるとか？」

団体予約で貸し切りなら、忙しいだろうから覚悟がいるかもしれない。

「団体じゃないけど、予約はある。団体の方がとんでもなくマシに思える予約者」

意味深な言葉を残して、真奈歌姉さんが掃除を始めた。普段よりもかなり念入りに、店内を清掃している。そうせざるを得ない空気を悟り、僕も手伝った。

掃除をしている姉さんの様子は、どこか緊張しているようだった。いつもは飄々《ひょうひょう》としているだけに珍しい。

厨房にはいつの間にか吉野さんがやって来ていて、いつもと変わらぬ物憂げな目で仕込みをしている。二階から降りてきた阿砂子も、真奈歌姉さんに命じられて寝癖を調《ととの》えて着替えたあと、掃除を手伝い始めた。

「今日は、特別なお方が来るんだ。特に、初めての彰良くんと阿砂子ちゃんは失礼のないように」

あらためて姉さんが注意するほど、大切なお客さんなんだろう。きれいに磨いた座卓を、ミリ単位で調整して均等に並べていく。こういう細かい作業は好きだった。

真奈歌姉さんと阿砂子が、それぞれの席の一輪挿しを調えているところで、お店の入り口の引き戸を叩く音がした。真奈歌姉さんが飛び上がらんばかりに大袈裟に反応し、吉野さんはちらりと入り口の方に目線を走らせた。

真奈歌姉さんと一緒に、僕も入り口へ出迎えに急いだ。

「お待ちしていました」

姉さんが、引きつったような笑顔で引き戸を開いた。

外に立っていたのは、白い日傘を差した藤色の和服姿の少女だった。

肩上辺りで切り揃えられた髪が、ゆらゆらと揺れている。色白で切れ長の目をした優しい顔立ちの少女。中学生程度に見えるのだが、全体的な印象として伝わってくるのはある種の威厳だった。

着物姿の和風美少女が、古風な町家づくりの店に日傘をたたんで微笑みながら入ってくる様子は、不思議とさまになっていた。下駄を鳴らして入り口をくぐった彼女は、やんわりした笑顔で挨拶した。

「今日は世話になるぞ」

声は少女のものだが、言葉は堂々としており、容姿とのギャップもあってびっくりした。だが、少女は神秘的な威厳を纏《まと》っており、それを強く感じた。

「お暑いなかお越しいただき、まことにありがとうございます」

真奈歌姉さんが、今まで聞いたこともないような丁寧な口調で出迎える。

この少女は、お店の何らかの権利者なのだろうか。

ただ、店の出資者だからといって、あやかしどもを相手に一歩も引かない真奈歌姉さんが、ここまで慇懃《いんぎん》な態度を取るのは不思議だった。それに、店自体は分からないが、この建物は真奈歌姉さんの所有物ではなかったか。

それにしても、この和服少女の言葉遣いと迫力は、ある意味人間離れしている。

「――ね譲りの美貌は、相変わらずじゃな、真奈歌」

「ウカ様も、おかわりなく」

あまりにも和服少女の姿に意識を集中していて、ふたりの会話はまるで耳に入らなかったが、あることに気づいた。

そうだ。この感じは人間ではない。あやかしかそれに似た存在のようだ。僕はそのことに思い至り、ころころと笑う和服少女をまじまじと見つめた。

真奈歌姉さんのことを呼び捨てにし、姉さんが「様」付けする相手——ということは、相当、身分の偉いあやかしに違いない。曲がりなりにも神様のひとりであるナキサワメさんのことは、真奈歌姉さんも「さん」付けで呼ぶ。それを考えると、この和服美少女は、かなり格の高い神様なはずだった。

隣にいる阿砂子は、この少女の正体に気づいているからなのか、いまにも倒れるんじゃないかというくらい緊張している。

真奈歌姉さんはというと、口調こそ丁寧だが、顔はものすごく嫌そうな様子だった。露骨に嫌そうな表情をして、大丈夫なのかな。

「新しい働き手が、ふたり入ったそうじゃな。おぬしの血縁と砂かけ婆の一族とか」

細く切れ長の目が楽しげにさらに細められて、ほとんど閉じているようにも見えた。まつげがかなり長い。

姉さんが僕の背中を叩いた。意外に強い力で少しびっくりした。

「初めまして。草壁彰良と申します」

ウカ様と呼ばれた和服少女が、挨拶をした僕に細い目を向けた。そのまま、全身くまなく見まわす。

「ふむ。なるほど。ならまちに引っ越して来たときに、きちんと神社と庚申堂にお参りしていたな」

「ご存じだったんですか」

「わしの名前は、まだじゃったの。わしは宇迦之御魂神《うかのみたまのかみ》と呼ばれる神の一部。だから、ウカじゃ。神なれば参拝者の声は覚えておる。わしの名前は聞いたことはあるかの？」

「えっと、たしか五穀豊穣《ごこくほうじょう》を司る女神……」

「よく知ってたね、彰良くん」

真奈歌姉さんが驚きの声を上げた。

「『万葉集』に関連して、昔の日本の歴史とか、神社とか神様とかもいろいろと調べたから……」

ウカ様がうれしそうな笑い声を上げた。

「あははは。真奈歌よりも、よほど物知りな奴じゃな」

いつまでも入り口で立ち話というのも失礼だ。ウカ様を席へご案内する。場所は人間側の席でいちばん日当たりのよいところ。格子越しに外の風景も眺めることができる特等席だった。

阿砂子がお冷やとメニューを持ってきて、挨拶をした。

阿砂子は、お店に入って来たときからウカ様の神格の高さが分かっていたようで、お冷やを出すのもおっかなびっくりの様子だ。だが、にこにこと笑っているウカ様から「がんばって勤めよ」と励ましの言葉をかけられたことで、ずいぶん感激しているようだった。

ひと通り自己紹介を終えた阿砂子が去ったあと、頃合いを見計らって僕は声をかけた。

「ご注文は何になさいますか」

ウカ様は何かを頼むでもなく、メニューから顔を上げてこちらをじっと見つめた。

「ふふふ。こうしていると、この茶房をおぬしの母親に頼まれて作ったときのことを思い出すわい」

「ウカ様は、僕の母さんのことを知ってるんですか」

「当然じゃ。おぬしの母の意見を聞いて、『あやかし万葉茶房』を作らせたのは、わしなのじゃからな。ここら一帯で困っているあやかしや、神様たちを助けるための場所にしたいと言われてな。ふふふ。驚いた顔などは、やはり母親にそっくりじゃ」

母さんがこのお店を作ったというのは驚きだったが、そんなことより、この人なら、いまの母さんのことを知っているかもしれない。

「母さんは、いまどこでどうしているんですか」

「おぬしの父親が死んだことと、おぬしが奈良に来たことは知っておるよ。さて、まず注文じゃ」

ウカ様は会話を切るようにそれだけ答え、メニューをたたみながらこう付け加えた。

「端から端まで全部。食べ物も飲み物も、すべてじゃ」

そのひと言で、厨房がフル回転し始めた。

メニュー全部はさすがに冗談だろうと思ったのだが、真奈歌姉さんと吉野さんの動きを見て、冗談ではないらしいと気づく。

「彰良くん、厨房に入って」

「はいっ」

見た目は中学生の女子程度だが、相手は神様である。失礼があってはならない。だから、難しい料理は基本的に吉野さんに任せて、僕はその補佐をしながら簡単な飲み物やデザートを担当することになった。

吉野さんが、次々と料理を作っていく。五種類ある日替わりランチもすべてだ。そのタイミングを見ながら、飲み物を準備する。できた料理は、真奈歌姉さんと阿砂子が運んだ。

厨房からちらっと眺めると、ウカ様は上品に微笑みながら、出された料理を次々に食べていく。和服で帯をしっかり締めているはずなのに、どうやったらそんなに大食いできるのか。不思議だった。

「阿砂子、だったな」

「は、はいっ」

「このサンドイッチ、おいしいぞ。そなたもお食べ」

「あ、ありがとうございまひゅ」

突然、話しかけられたのもあって、阿砂子が噛みながら答えた。

阿砂子が、ウカ様から手渡されたサンドイッチの載った皿を持って厨房に帰ってきた。

感動と困惑の混ざった表情で、半分残ったサンドイッチと真奈歌姉さんを見比べる。

「いただいておきなさい」

「……！　いただきまひゅっ！」

許可がおりたので阿砂子は手を合わせると、残り物のサンドイッチを食べ始めた。

偉い神様のお下がりということに意味があるのだろう。ほんとうにありがたそうに食べていた。

「あの、真奈歌姉さん。さっきのウカ様の話なんですが、母さんの意見を聞いて、このお店をウカ様が作ったたっていうのは……」

「うん。ほんとうよ。企画があなたのお母さんで、出資者というか真のオーナーはウカ様。しかも、ウカ様の力をこの店にいただいてるおかげで、他の神様やあやかしたちも食事が取れるし、彰良くんの歌が力になったりするわけ。ただ、時間がたつと、その力が徐々に落ちてくるから、こうしてときどきウカ様自身に足を運んでもらって、お店に力を行き渡らせるようにしてくれているの」

その間にもウカ様の食事は進む。

僕も何度か給仕をし、取り分けられたオムライスをお下がりでいただいた。

給仕があらたか終わってから食べたが、ひと口スプーンですくってみると、いま作ったばかりのように、ふわふわの黄色い卵は半熟のままで、白い湯気がほわりと立ち上った。

中のチキンライスはお米の一粒一粒にケチャップの味が行き渡り、他の具材と味を引き立て合っている。それらが外側のオムレツと調和して、絶妙なバランスになっていた。しっかりしているのに優しくて、シンプルなのに深い味わいがした。

「このおいしさ、吉野さんの料理の腕だけじゃなくて、ウカ様の力もあるんですかね」

吉野さんが奥へ行った隙に、真奈歌姉さんに尋ねる。

「そう、お下がりだから、ウカ様の力が込められているのよ。こうやってすべてのメニューを食べることで、一品一品にウカ様が力を込めているの」

「ただ食べてるだけじゃなくて、そんなありがたい意味があるんですね。それにしては、ウカ様が来るまえの真奈歌姉さん、かなり嫌そうだった気がするんですが……」

「だって、緊張するんだもん」

厨房でデザートを準備していると、ウカ様が真奈歌姉さんと僕を呼んだ。

テーブルに向かうと、ウカ様は、ビールとハイボールをあおっていた。

「外国の酒ではあるが、少し気分が乗ってきた。万葉の歌が聞きたい」

何かと思えば、意外なリクエストだった。あやかしの間で話題になっているので、ウカ様も気になったということなのだろうか。

「どのような歌が、よろしいでしょうか」

「おぬしに任す」

いきなりだったので、どんな歌がこの場に合うのかちょっと考えたが、ある歌を思いついた。

稲つけば　かかる吾が手を　今夜もか　殿の若子が　取りて嘆かむ

(稲をつくとあかぎれができる私の手を、今夜も若殿様は、手にとって嘆かれるのだろうか)


歌が光となってウカ様へ入っていく。

歌を聴き終えたウカ様はとても上機嫌だった。頬がほんのり上気しているのは、お酒のせいだけではなく、この歌の力もあるのかもしれない。

「おぬし、なぜこの歌を選んだ」

　ウカ様がにこやかに尋ねる。

　僕は、選んだ理由をありのままに自然に答えた。

「この歌は、東歌《あずまうた》と呼ばれる東国の庶民たちの歌のひとつです。その中でも、女性たちが集団で、稲つきをして精米するときを歌った労働歌でした。若殿というのは郡司《ぐんじ》や里長《りちょう》の若主人で身分の高い人なので、現実にはこの歌のようなことは空想だったのかもしれません。でも、その空想の恋を思い描きながら、当時の女性たちがつらい仕事をがんばっていた。きっと、ウカ様は、昔からそんな人々の姿をずっと見つめてこられたんじゃないかなって思ったんです」

　ウカ様が僕をまっすぐに見つめた。外見は僕より年下の少女のようなのに、その眼差しは慈しみに溢れていた。

「おぬしは、優しい男なのだな」

　深いため息にも似たその声に、胸の内をぎゅっと掴まれた。

「お気に召しましたでしょうか……」

「もちろんじゃよ。なるほど、なるほど。たしかに、おぬしはあやつの息子だ。あやつも歌が好きじゃった。よくわしに、このように歌を聴かせて慰めてくれたものじゃ。では、せっかくじゃからわしからも返そうかの」

大和《やまと》には　群山《むらやま》あれど　とりよろふ　天《あま》の香具山《かぐやま》　登り立ち　国見《くにみ》をすれば
国原《くにはら》は　煙《けぶり》立ち立つ　海原《うなはら》は　鷗《かまの》立ち立つ　うまし国そ　蜻蛉島《あきづしま》　大和の国は

（大和には多くの山があるが、とりわけ堂々たる天の香具山の、その頂《いただき》に登り立って国を見下ろせば、国中には炊事をする煙があちこちに立ち、海原にはカモメがそここで飛んでいて、美しい国ではないか、この秋津洲《あきつしま》大和の国は）


ウカ様の伸びやかな声が茶房に広がる。

これは、『万葉集』にある長歌《ちょうか》のひとつだ。

日本最初の女性天皇であった推古《すいこ》天皇の次の天皇、舒明《じょめい》天皇の歌だった。

人々が幸福に暮らしている姿を、ただただ心ゆくまで味わっている喜びを綴った歌だ。

まるで自分自身が、その歌の情景の中にいるような、心に直接訴えかけてくる力があった。とても温かくてとても懐かしい、不思議な感覚だった。

僕の代わりに阿砂子が持ってきてくれたデザート類を、歌をそらんじ終えたウカ様が変わらぬペースで次々にお腹の中に納めていく。僕は、その合間を縫って尋ねた。

「母のことを、もう少し教えていただきたいのですが」

「それはできぬ」

即答だった。こうもきっぱり断られるとは思っていなかった。

恐る恐る、なぜなのか尋ねた。

「それは、何か理由があってのことでしょうか」

たとえば——考えたくもないが、母さんが僕のことを嫌いだからとか……。

ウカ様が、かき氷をしゃりしゃり音をたてて食べながら、にこにこと微笑んだ。

「真奈歌もかもしれんが、わしはあやつから口止めされていてな。あいつ、約束を破ると怖いのじゃ」

「怖い？　ウカ様が？」

思わず聞き返してしまった。これまでのどのあやかしや神様よりも、遥かに神格がありそうなのに？

何度も抱いた疑問を、再び心の中で問いかける。

僕の母さんは、一体何者なんだ——。

「まあ、友達じゃよ。わしとおぬしの母親とはな。だから、あいつが自分からおぬしに話すというまではわしからは話せん。じゃが、これだけは言ってもいいだろう」

そういってウカ様は食べ終わったかき氷の器を横にずらし、ナプキンで口をぬぐった。

「あやつはおぬしを心から愛している。誰よりも、おぬしのことを気にかけている。そのことだけは、わしが保証する」

ウカ様がきっぱり言い切った。その言葉は不思議と力があって、僕の中にくすぶっていた、母さんへの疑いのようなものが緩やかに解けていくのを感じた。

話し終えたウカ様は、阿砂子を横に座らせて、ふたりで宇治金時のかき氷とチョコレートパフェを食べ始める。阿砂子が、ガチガチに緊張していることに目をつぶれば、ふたりは遠目には仲のよい姉妹にも見えた。

すべての料理を作り終えたのか、吉野さんも客席へやって来た。

「ごちそうさまでした」

ウカ様が合掌してそう言った。真奈歌姉さんが頭を下げたので、僕も倣《なら》う。

「お口に合いましたでしょうか」

尋ねたのは吉野さんだった。ウカ様が、優しい表情で吉野さんに振り返った。

「広常の腕は、とても素晴らしい。特に、ランチメニューの大和野菜は色も味も十二分に引き出してくれている。他の食材の扱いも丁寧だ。これからもよろしく頼むぞ」

「ありがとうございます」

「一部、彰良が手伝っている料理は、まだ不慣れな感じが舌に伝わってくるが、問題ないと思う」

ウカ様に指摘された僕は、恥ずかしさで顔が熱くなって、慌てて頭を下げた。

「も、申し訳ございません」

「あははは。よいよい。気にするな。これからも励めよ。それより、これが気になる」

ウカ様は立ち上がると、僕の後頭部に手を伸ばした。すぐに引っ込めた手には、黒い羽が握られていた。

「これは……烏か何かの羽ですか」

長さ十五センチほどの羽だ。いつから頭についていたのだろう。こんなに大きい羽なのにいままで気づかなかったのが、また恥ずかしかった。

「いや、それは――」

傍で見ていた吉野さんが、珍しく厳しい表情になる。吉野さんの言葉を遮《さえぎ》って、ウカ様が黒い羽の軸をくるくる回しながら問いかけてきた。

「おぬし、吉野に行ったな？」

ウカ様は微笑んだままなのに、雰囲気に凄みを感じる。

「先週、学校の友達と行きました」

「これは天狗の羽じゃ。向こうで天狗の誰かに会ったのか」

「いいえ……」

会ってはいない。だが、「天狗」と聞いてどきりとした。

吉野山で聞かれた春日の疑問を思い出したからだ。

『たとえば、天狗――とかって、いるんかな?』

あのときの春日の思い詰めたような表情。彼女は天狗と何か関係があるのだろうか。

「広常、おぬしも吉野の大天狗なのだから、ちゃんと見てやれ」

「申し訳ございません」

僕が何か言おうとするまえに、ウカ様は表情を笑顔に戻し、座卓に手をついて立ち上がった。

こうして、店のオーナー・ウカ様の視察は終わった。

結局、僕の母親については、具体的なところは分からずじまいだった。

4

ウカ様が帰ってから、僕たちは後片付けをしていた。

吉野さんと阿砂子と僕の三人で、大量の食器を洗っていく。一品ずつとはいえ、すべてのメニューを出したのだ。食べ残しはまったくなかったが、洗い物の数は結構あった。

洗い物は好きな方だ。丁寧に洗い終わったあとの食器は指でこすると音がするが、その音を聞くのが気持ちいい。右隣では阿砂子が洗剤の泡と格闘し、左隣では吉野さんが黙々と調理道具を洗っていた。

「あの、吉野さん、さっきの天狗の羽のことなんですけど、なんか、すみませんでした」

無言でボールを洗っていた吉野さんが、手を止めて僕の顔を見た。

「縁を付けたかった天狗の仕業だろう。こっちに出てきたがっている奴がいるんだと思う。危害はないとは思うが……用心はした方がいいかもしれない。すまなかった。俺が守ると言っておきながら、十分気を配れていなかった」

吉野さんが頭を下げた。いきなり謝られたのに驚いて、洗っていた箸をシンクに落としてしまう。

「いえ、僕がいけなかったんです。吉野に行ったことも黙ってたし」

「吉野の天狗の中には乱暴な奴もいる。そういうときは、必ず俺が撃退するからそこは安心してくれ」

後片付けをぜんぶ終わらせると、真奈歌姉さんがみんなに提案した。

「ちょっと遅くなったけど、みんなでお昼を食べに行きましょ」

「真奈歌姉さん、晴れ晴れとしていますね」

「ウカ様から特にツッコミもなかったし、お店の霊力もいただけたし。これで、数カ月は安泰だわ」

外でお昼を食べると聞いた阿砂子が、飛び上がって喜んでいた。

お店はもともと臨時休業にしているから、戸締まりだけ確かめて裏口から出る。阿砂子が大喜びで外に飛び出した。

「気をつけろよー」

吉野さんはもう一度火の元を確認し、真奈歌姉さんは二階の戸締まりを確認に行っている。裏口でふたりを待っていると、表の方から阿砂子の声が聞こえた。

「ごめんね。今日はお休みなんだ。また明日来てね」

言い方から察するに、あやかしでも来ていたのだろうか。人間相手であのしゃべり方だったら、ちょっと問題があるだろう。

「阿砂子、誰が来てるんだ」

「あ、彰良、あやかしが来てたから、ごめんなさいした」

一つ目の少年のあやかしと、老婆のあやかしの二体が、残念そうに僕に顔を向けた。

僕は周りに人がいないことを確認して、言葉をかける。

「すまない。今日はお休みなんだ」

「とても強い霊力を感じたので来てみたのですが、今日はお休みなのですか……」

一つ目のあやかしが、目玉に涙をためている。

「明日はきちんとお店をやるから、今日のところはいったん戻ってくれないかな」

ふたりのあやかしは残念そうであったが、最後は分かってくれて、明日、また来店することで納得してくれた。

やれやれ。だが、そう思ったのもつかの間のことだった。

「こんにちは、草壁くん」

聞き慣れた声がして振り向けば、見慣れたメガネの女の子が立っていた。クラス委員長の春日だった。なぜだろう。その笑顔を見た途端に、無性に嫌な予感がした。

「やあ、春日。今日はどうしたんだい」

真奈歌姉さんと吉野さんが、勝手口から出てこちらに向かってくる。

「ちょっと草壁くんに聞きたいことがあったんやけど……。それよりも、いま、草壁くん、誰とお話ししてたん?」

頭から血の気が引いた。焦る。焦れば焦るほど言葉が消える。

阿砂子は、しれっと吉野さんの後ろに逃げた。

「いや、あれは、その、何のことかな――」

不穏な空気を察したのか、真奈歌姉さんまでがそっぽを向いている。

僕だって逃げたいんですけど……。

どうしようかとごまかし方を考えていると、春日が背負っていた小さなリュックから白い布に包まれたものを取り出した。

「まあ、ええわ。これ見て欲しくて来たんや」

何だろうかといぶかしむ僕に、春日はその白い布をめくって見せた。

そこにあったのは、さっきウカ様に手渡されたものに似た、天狗の黒い羽だった。


「小さいころの私は、結構やんちゃやったの。吉野の山の中を走り回って、けもの道をよじ登るのが大好きやった」

僕たちは春日と連れだって、ならまちの元興寺《がんごうじ》のそばにある食べ物屋さんに来ていた。ちょうど元興寺の団体客が帰ったあとで空いていた。

「やんちゃだったってのは、ちょっと意外かも」

「一度、斜面を滑り落ちて、左腕をすごくすりむいてん。ほら、まだちょっと傷跡が残ってる」

そう言って春日は左腕の袖をまくり、肘《ひじ》の辺りを見せた。白い腕が眩しい。女子の腕をじっくり見つめるという行為が、ちょっと恥ずかしかった。

「よく見ると、うっすらと傷跡が残ってるね」

「それでも、懲《こ》りずに山で遊んでばっかいたんやけどね」

頼んだ定食が次々に運ばれてきた。真奈歌姉さんと吉野さんと僕は、生姜焼き定食。春日と阿砂子は、ハンバーグとエビフライの定食だった。

「先週、みんなで吉野山に遊びに行ったでしょ」

僕は味噌汁をすすりながら頷いた。吉野さん以外の作る外食メニューを食べるのは久しぶりで、新鮮だった。味は、まあ、吉野さんの方が上だと思うけど。

その吉野さんは、黙々と生姜焼きを食べつつも、僕と春日の話に聞き耳を立てているようだった。

「小山たちは、翌日、筋肉痛になったたって騒いでたね」

春日が白いご飯をひと口食べた。彼女の横では、阿砂子がエビフライにかじりつき、熱さに目を白黒させていた。

「あのときお弁当を食べた場所を覚えとる？　そこから少し行ったところが、ちょっとした崖になっとるんやけど、私、そこから落ちたことがあるねん」

僕は口に入れた生姜焼きを、丸呑みしてしまった。

「ごほっ。崖から落ちたって、大怪我したんじゃないの⁉」

幼い日の春日の驚くべき体験に、吉野さんも真奈歌姉さんもぎょっとした顔でこちらを見たが、口に出しては何も言わないでいた。

「よく噛んで食べんと身体にようないよ？　……そのときに、実は助けてもらってん」

そう言って彼女は、テーブルの上に置いてある先ほどの黒い羽をちらりと見た。

「ひょっとして、天狗に助けてもらったって言うの？」

頷きながら春日がエビフライをかじった。さくっと小気味よい音がする。

僕は天狗と聞いて、思わず横目で吉野さんを見た。吉野さんは物憂げな顔のままだが、明らかに興味津々で、こちらに身体を半分向けてきた。

「そのときに、この羽の持ち主と出会ったのかい？」

吉野さんが低い声で尋ねると、春日はしっかりと頷いた。

「たぶん、子供の天狗やったと思う。見た目は当時の私と同じ小学生くらいの男の子やった。でも、背中に黒い羽が生えてたし、修験者みたいな格好しとったから、天狗なんかなって。……山で食べたお弁当もおいしかったけど、このお店もおいしいね」

内容が内容なだけに春日も声を潜めている。

もし彼女が、この席に座っている面々は、みんな何らかの形であやかしと関わっていると知ったら、どんな反応をするだろうか。

「天狗……吉野の山なら、たしかにいてもおかしくなさそうだけど……」

ごまかしつつも、その天狗のことは気になった。これまでいろいろなあやかしを見てきたが、そこまで人間に深く関わってくるあやかしは珍しいと思う。

「そんとき、その子供の天狗が私をかばって怪我をしてしまってん。他人には言うなってその子に言われたんやけど、その後、私も申し訳なくって傷薬とか持って行ったん」

春日の話にどのような反応をすべきか分からなくなって、ふと吉野さんの顔を見る。

吉野さんがかすかに頷いていた。

「人間の傷薬で、天狗の怪我が治ったという昔話は聞いたことがある」

「そんなお話があるんですね」

ほんとうは、そんな昔話はないかもしれない。たぶん、吉野さんが僕に合わせながら、「天狗にも人間の傷薬が効く」と教えてくれているのだろう。

「その昔話は知らんかったけど、自然の薬ならいいんちゃうかなって思って。怪我はなかなか治らへんかったけど、いろんな話ができて楽しかったよ。その後も、怪我をしてるその子の無理にならない範囲で一緒に山の中を走り回ったり、木登りしたり。羽で飛ぶのは、ルール違反だってケンカしたりとかね」

不思議な話だけど、とても微笑ましく思えるのはなぜだろう。

会話が切れたタイミングで、僕は生姜焼きを頬ばり、春日はハンバーグを箸でひと口の大きさに切って口に入れた。真奈歌姉さんが僕らの会話の邪魔にならないように静かに食べ、阿砂子がご飯をかき込んでいる。

「天狗の子供とは、どのくらい交流があったんだい？」

吉野さんがそう尋ねると、春日の食べている口の動きが、一瞬止まる。食べているものをよく噛んで水で流し込むと、少しさみしそうに言った。

「知り合ってほんとすぐ、こっちに引っ越すことになってん。家族は天狗の友達がいるなんて信じてくれやしないし。引っ越したくなくて泣いて暴れたけどね」

春日の意外な面が次々と明らかになるのを、僕はとても心惹かれながら聞いていた。

生姜焼きのたれの染みたキャベツの千切りを頬ばりながら尋ねた。

「じゃあ、吉野で会ったっていう天狗の子に別れの挨拶をして引っ越したんだね」

僕の経験上、神様やあやかしというものは礼儀にうるさい。人間相手以上に、折り目正しく付き合っていくことが大事なようなのだ。

「まだ、その子の怪我は治ってなかったんだけど、一応、ね」

春日がやっぱりさみしそうに微笑むのを見て、春日にとってその天狗の子供は大切な友達だったのだろうと思った。

僕はあやかしが見えることで嫌な思いや怖い思いをたくさんしてきたけど、稀に一緒に遊んでくれた小さなあやかしは大切な存在だった。

小さいころ、父さんが仕事で外に出て帰りが遅い夜なんかは、気まぐれにやってきた子狐《こぎつね》や兎《うさぎ》のあやかし、それと花芳《かほう》という名の花の香りのあやかしにはずいぶんよくしてもらった。土着のあやかしだったのでみんな東京でお別れしてきたが、元気でやっているだろうか。

「そのあと、その天狗とはどうなったの」

春日が、ハンバーグの最後の一切れにデミグラスソースをきちんとからめて口に入れた。ご飯もお味噌汁も付け合わせも、バランスよく食べていた。

「引っ越したあとも、何度か吉野山には行っててんけど、一度も会えてへんの」

「そうか……」

僕は味噌汁の最後のひと口を飲んだ。

「そしたら、草壁くんが引っ越してきて。『万葉茶房』のことも聞いたんよ。奈良ってお寺も神社も多いし、観光客でも霊感みたいなのがある人はたまにいるみたいで。『万葉茶房』はパワースポットで、人もあやかしもやって来るって」

極めてシンプルに、そして的確に「あやかし万葉茶房」の本質を言い当てていた。

どう反応していいか分からず、真奈歌姉さんの方をうかがう。真奈歌姉さんは料理を食べ終えてお茶を飲んでいたが、僕の視線を受けてにっこり微笑んだ。

「神秘的なお店っていうのも、なかなかいいものでしょ？」

真奈歌姉さんはそう答えたが、よく考えればうまいごまかしの言葉だった。

「はい。でも、違っていたらごめんなさい。……もしかして真奈歌さんや吉野さんは、あやかしには理解のある方なんやないかなって」

顔色ひとつ変えず確信をついてくる春日。僕の方が焦って尋ねた。

「なんで、春日はそう思ったわけ？」

「だって、草壁くんがあんなに堂々と目に見えない誰かと話してたら、真奈歌さんだって気づくやろうし、吉野さんは何となく私がいま話した天狗の子供と同じ感覚がするんやもん」

完全にバレていた。真奈歌姉さんと吉野さんが、そろって彼女の顔をまじまじと見つめた。春日は平然とした顔でお茶をすすっていた。

「仮に僕があやかしが見えるとして、春日はどうしたいの」

真奈歌姉さんたちについては肯定も否定もせずにそう質問すると、春日はちょっと申し訳なさそうにこう言った。

「このまえ吉野山に行ったんは、草壁くんの歓迎会でもあったんやけど、草壁くんなら何か分かるんちゃうんかと思って。だから、昔、私が天狗の子と遊んだ辺りでお弁当を食べたんやけど、やっぱり何か感じひんかったかな？　もう一度、彼に——ミヤマくんに会うことはできへんのかな？」

僕が答えようとするのを、吉野さんが制した。

お店に観光客の団体が入ってきて、食べ終わった僕たちは店にいづらくなったのだ。

結局、そのあとは人の目もあり、何となくこの話題に触れることなく解散となった。

西日のなか、ならまちを自転車に乗って去って行く春日はどことなく気落ちしたようにも見えて、何とかしてやりたかった。それに、吉野山でお弁当を食べたとき、天狗の気配を感じたことはたしかなのだ。春日の話では、その場所は春日が天狗の子と会った場所だったというではないか。

その日の夜、二階の居間で僕がそんな気持ちを吐露したら、真奈歌姉さんは大きく息をついた。いろいろ気疲れしたのか、阿砂子は横で寝ている。

「気持ちは分かるわ。でも、吉野山には数多くの天狗がいる。彰良くんが感じた気配が、はたして春日さんの知り合いの天狗の子だったのかどうか……」

「何か確かめる方法はないんですか。吉野さんの力を借りたりして」

「吉野さんならたぶん、顔は利くでしょうけど……、それよりも問題なのは、あの子の方よ」

「あの子って、春日が何かしましたか？」

真奈歌姉さんが紅茶を淹《い》れてくれた。香りがすごくいい。

「たぶんあの子、もう天狗が見えないと思う」

「……やっぱり、真奈歌姉さんもそう思いましたか」

紅茶をすする音が立ってしまった。

「引っ越したあとも何度か吉野山に行ったたって言ってたけど、まったく天狗の姿を見てないわけだからね。天狗は力の強いあやかしだから人の目に見えるよう現象化することができるけど、彼らが姿を現そうとしなければ普通の人の目には見えないし」

真奈歌姉さんも紅茶をひと口飲む。阿砂子が寝返りを打った。

「あやかしが見える子供って、たまにいるのよね。でも、大きくなったり、外部環境が変わるとすぐに見えなくなる」

「春日の場合は、引っ越したことで見えなくなったってことですかね」

「たぶんね。吉野山の中と比べれば、奈良市内なんて住んでる人も観光客も多いし、都会も都会だからね」

僕もため息が出た。こればかりはどうしようもないのだろうか。

すっかり眠ってしまった阿砂子を、真奈歌姉さんが抱き上げて布団へ運んでいった。

5

僕がどうしていいか考えあぐねている間に、事態は少し面倒な方向にこじれていった。

翌日の月曜日から、学校で妙なことが起き始めたのだ。

「週明け提出の進路関連のアンケート、集めまーす」

クラスの前方で春日が声を上げている。もともと高い声が、クラス全体に呼びかけようともう一段高くなっていた。

クラスメートが呼びかけに応じて提出していく。だが、何人か忘れてきた人がいた。

「ごめん、委員長。家に置いてきちゃった」

「ちゃんと明日は持ってきてねー」

注意しながらも、決して厳しくは言わない。優しい委員長だと思う。

だが、そんな委員長でも、おちょくる人間はいるもので……。

「『ちゃんと明日は持ってきてねー』」

男子数名とその周りの女子数名が委員長の声まねをして、提出物を忘れた生徒に突っ込んでいる。両者がゲラゲラ笑っているのを見ると、忘れ物をした生徒をからかっているのか、物まねで春日のことを馬鹿にしているのか、微妙な感じがする。

真面目な性格それ自体を冷やかす人間は、どこにでもいるものだ。

春日を見るとそんな冷やかしも穏やかに受け流して、集まった提出物を揃えていた。

むしろ、春日に代わってバスケ部の竹田をはじめ、春日と仲の良い女子たちが男子を睨《にら》みつけている。

これでおしまいであれば、ごく普通のクラスの日常の一コマで済んだだろう。

だが、これだけでは済まなかった。

異変はまず、四時間目の化学の授業で起こった。

薬品を使った実験の授業だったのだが、実験中、突然、ガラスの割れる音がして、男子生徒の悲鳴が上がった。

「うわっ」

「痛っ」

白い煙が実験机から立ち上る。

「どうした」

白衣を着た中年の化学教師が駆け寄ってきた。

男子生徒のひとりが、手を押さえていた。血が出ている。

「急に風が吹いて、ビーカーが倒れて……」

どうやら割れたビーカーの破片で手を切り、さらに別の生徒の手に薬品がかかったらしい。窓は閉まっていたので風が吹いたというのは不思議な話だったが、教師がてきぱきと指示を下して片付け始める。

怪我をした男子ふたりは、春日の声真似をした連中のうちのふたりだった。

「薬品の臭いがこもるといけないから、窓を開けて。カーテンはなびかないようにまとめておくように」

教師の指示に窓側の席の生徒たちが従う。慌てていたのか、男子生徒がひとり、春日にぶつかった。

「きゃっ」

「あ、悪い」

その瞬間だった。

不自然に強い風が吹き、まとめてあったカーテンが外れた。風はさらに強くなり、カーテンが鞭《むち》のようにしなりながら、春日とぶつかった男子生徒の顔をなぶる。驚いた生徒がたたらを踏んで転倒し、後頭部を実験机の横のシンクに強くぶつけた。

その後も、怪我人が続くことになった。

教室移動中の階段でいきなり強い風が吹き、スカートがめくれそうになって慌てて押さえ込んだ女子生徒がバランスを崩して転んだり、クラスで走り回っていた男子が、またしても妙な風が吹いて曲がりきれず、ドアに激突したりした。

共通点は不可解な風と、春日をからかった連中ということだった。

姿は見えないが、あやかしの仕業に違いない。偶然にしてはできすぎていた。

僕は学校から戻ると厨房に顔を出した。

今日の不可解な出来事は、あやかしもの、それも天狗の仕業だと見当をつけていた。

あいにく吉野さんは調理で忙しそうだったので、真奈歌姉さんが手の空いているときを見計らって、学校で起きたこと、それに関して僕が感じていることを手短に話した。

話が進むにつれて、厨房から異様な雰囲気が漂ってきた。見れば、調理の手を休めた吉野さんが、物憂げな表情を少し不機嫌そうにして立っていた。

「ちょっと、お店を頼みます」

吉野さんはそう言って腰のギャルソンエプロンを外すと、裏口から外へ出てしまった。あまりお客さんがおらず、難しい注文のオーダーもなくてよかった。吉野さんが不在の間、僕ひとりで厨房を回すことになったからだ。料理は難なく作れるものだったが、コーヒーと紅茶を淹れるのにはちょっとしたコツが必要だったので、真奈歌姉さんにも手伝ってもらった。

昨日に続いて一つ目と老婆がお店に来てくれていた。ふたりのオーダーが、かき氷だけで助かった。もし、この状態で歌を披露しろと言われたらしんどかった。

人間の方もあやかしの方も、ちょうどお客さんが出て行ったころだった。

「ただいま戻りました」

裏口から物静かな吉野さんの声がした。

だが、その表情はいつもの吉野さんとはまるで別人だ。物憂げな表情の奥に潜む天狗の本性、猛々《たけだけ》しい妖力が瞳にみなぎっている。ぞくぞくするほどの力を感じる。

やっぱりこの人、とんでもない大天狗なんだ。

僕のその思いをさらに強めたのが、吉野さんが左手で掴むようにして立たせている少年の存在だった。年の頃は僕と同じくらいだろう。着ている服は修験者の装束《しょうぞく》によく似ている。野性的で反抗的な顔つきだが、瞳の光り方が吉野さんによく似ていた。そして、背中には黒い大きな羽が生えていた。

瞳の光が似ているはずだ。この少年は天狗なのだ。

だが、姿は人間に見えるように現象化していない。

「放せっ」

天狗の少年が、吉野さんの腕から逃れようとして暴れる。

「黙れ。貴様ごとき小天狗が、俺に命令できると思ったか」

それほど大きな声だったわけでもないのに、吉野さんが一喝すると少年の身体から力が抜け、ぐったりした。吉野さん、ほんとうにすごい大天狗なんだな。

吉野さんが、天狗の少年を店のあやかし向けスペースに放り込む。天狗の少年は、起き上がると畳の上に正座した。その彼の目の前に、真奈歌姉さんが腕を組んで立ちはだかった。

「きみ、名前は？」

少年が真奈歌姉さんを睨む。いくら少年といっても天狗だ。その立ち姿からは威圧を感じるが、真奈歌姉さんは気にせず詰問口調で彼を問いかけた。

「もう一度言うわ。名前は？」

すごい。真奈歌姉さんの全身から、凄まじい霊力がほとばしった。とても人間とは思えない。本気になると、真奈歌姉さんもこんなに強い力があるんだ。

うん？　というか、姉さんは人間だよな？

ふと、僕が聞き逃したウカ様と真奈歌姉さんの会話が心に引っかかった。あのとき、ウカ様は何かとんでもないことを言っていなかっただろうか。

あのときの会話を思い出そうとしているところで、天狗が口を開いた。

「……ミヤマ」

その名前に僕は息を呑む。春日が口にした天狗の子の名前だったからだ。天狗も成長するのか。

「きみが、春日の知り合いの天狗なのか」

ミヤマが僕を見て驚いた顔をする。

「都会に住んでいる人間のくせに、俺が見えるのか」

「まあ、そうだね」

僕に対して敵対心を露わにするミヤマに、真奈歌姉さんが容赦なく睨《にら》みつける。

「あんた、うちの彰良に手出ししたら、タダじゃ済まないからね」

ミヤマがそっぽを向いて舌打ちした。

「きみが、春日の友達の天狗なんだよね」

座っている相手に対してずっと立ったままなのも失礼な気がして、僕は畳に正座する格好になって彼に尋ねた。嫌々という感じでミヤマが答える。

「……あいつのことは知ってる」

「今日、春日さんの周りで不可解な事件が起きて、何人か怪我人が出たそうね。あんたの仕業ということで間違いないわね？」

「……ああ」

真奈歌姉さんの迫力に押されて、ミヤマが頷いた。

「なぜ人間に危害を加えた？　我ら天狗は、人間に仇《あだ》なす存在ではない」

吉野さんは冷静に問いかけるが、その声には怒りがこもっていた。

「……からだ」

「聞こえない」

吉野さんが厳しく詰める。ミヤマが吉野さんを睨みつけて、大声で言った。

「あの連中が、あいつのことをいじめたからだっ」

怒ったようにそっぽを向いているミヤマを見ながら、不器用なヤツなんだなと思う。

「ねえ、ミヤマ、だからって人を傷つけていいことにはならないよ」

そう言うと、ミヤマが僕の方を向いた。

「おまえ、このまえ吉野山に来ていたよな」

「えっ……じゃあ、弁当を食べているときに感じた天狗の気配は、やっぱりきみだったのか」

僕は足を崩して少しミヤマににじり寄った。

「だったらどうして、あのとき姿を見せてくれなかったんだ？　春日は、きみに会いたくて何度も吉野山に行ったって言ってたよ」

ミヤマの厳しい眼差しの奥に、ふと深い悲しみがよぎる。

「たしかに吉野山でなら、俺はこの姿を現象化してみせることができる。だが、そこの大天狗みたいに羽を隠すことは、まだできない。だから、人間から見たら……黒い羽を持った化け物じゃないか」

吐き出すように言ったその言葉に、僕もしばらく言葉を失った。

あやかしが見えるという人間がいるだけでも、忌み嫌われるのだ。ましてや人間の前に天狗の姿を現したらどうなるか。そのミヤマの気持ちは、よく分かった。

でも、そんなことを気にしない人間もいる。たとえば、春日――。

「春日はそんな奴じゃないって、きみだって知ってるだろ」

ミヤマはしばらく黙っていたが、やがてがっくりと肩を落として「ああ」と頷いた。

「あいつは、そんな奴じゃない。でも、周りの連中は違う」

再びミヤマの感情が高ぶった。表面的には静かに見えるが、内面深くで沸々と湧き上がる感情を何とか抑え込もうとしている、そんな様子だった。

「俺はまだ修行中の身だから、吉野山の磁場以外では姿を具現化できないし、普通は天狗の神通力も使えない。昔、あいつと出会ったときはなおさらだ。吉野から引っ越したあいつは、具現化していないあやかしを見ることなんてできない。それでも、怪我が治ったお礼も言いたかったし、あいつのことが心配で、山を下りて何度か様子を見に行ったことはある」

ミヤマが眉根を寄せてうつむきがちになりながら話し始めた。

ひとり吉野をこっそり抜け出し、空を飛んで奈良市内に住む春日のところまで辿り着いた。その後、やっとのことで彼女を見つけたが、小学生の春日はそんな彼に気づかずに横を歩き過ぎていった。

あやかしは人間の目には見えない。このごく簡単なルールが、こんなにも残酷に感じられたことはなかったと、ミヤマは暗い目でぼそぼそと言った。

声をかけても、目の前で手を振っても、変な顔をしても、天井にぶら下がって驚かせても、春日はミヤマにこれっぽっちも気づかない。

「見えも聞こえもしない俺は、あいつに何もしてやれないんだ」

彼女が小学校の友達との関係で悩んでいた日も、中学校で憧れの先輩への恋に苦しんでいた日も、ミヤマは見ていたそうだ。

「ずいぶん、春日のことを見てきたんだね」

僕の言葉に、ミヤマが鼻を鳴らしてそっぽを向いた。

「一回だけと思って様子を見に行ったら、何だか泣いてたんだ。気になるだろ」

「それで何度も山を抜け出しては、あの子の様子を心配してあげてたんだ？　優しいところがあるじゃない」

冷やかすような真奈歌姉さんに、ミヤマが噛みつきそうな顔で返した。

「知ってるか？　あいつは真面目でいい奴だから何でも抱え込んじまう。そのくせ、自分の悩みは、誰にも相談できない繊細な奴なんだ」

春日が人間関係に悩み人知れず泣く姿を見ては、ミヤマはどうすることもできない自分に悔しさを感じていたらしい。

訥々《とつとつ》と語るミヤマの目が、気づけば潤んでいた。鼻をすり上げたミヤマが、真っ赤な目で僕を睨《にら》む。

「おまえには感謝している。おまえがあの山で万葉の歌を聴かせてくれたおかげで、吉野以外の場所でも俺は天狗の神通力を振るうことができるようになった。たぶん、一時的だろうとは思うが、俺の力の届く限り、あいつを守るんだ」

立ち上がろうとするミヤマの肩を、僕は両手で押さえた。

「待てよ。春日のことを守るって、それって、また周りの人を傷つけるってことか？」

「周りの連中は、あいつの優しさにつけ込んでいる。罰せられて当然だ」

「そんなこと、春日が望んでいると思うのか」

ミヤマが僕の手をふりほどいた。

「おまえに分かるか。何もかも見えているのに、俺の声は届かない。かつて、薬をくれて傷を治してくれた礼も届かない。あいつは俺の羽に話しかける。俺はすぐ横にいるのに。天狗の力があっても、あいつを守ってやれない。友達だって言ってくれたあいつに、何もしてやれないんだぞ。この無念さが、おまえに分かるかっ」

心の中を全部を吐き出すように叫ぶと、ミヤマが黒い羽を広げて勝手口から外へ飛び出した。すぐにあとを追おうとしたが、吉野さんに止められる。

乱暴に開け放たれた勝手口を見ながら、僕は先ほどのミヤマの言葉に何か引っかかるものを感じていた。

翌日も、クラスの中で怪我人が発生した。

何かあるたびに僕も必死に目を凝らすが、動きが素早いのかミヤマを見つけることはできないでいた。

これだけ不思議な現象が続くと、普通の人もさすがに考える。

これは何かあるのではないかと。

そして、勘がいい誰かが気づく。

春日のそばに何かあるのではないかと。

結果、竹田をはじめ元から仲の良かった女子たちを除き、皆がそれとなく春日を避けるようになってしまった。

かえって事態がこじれているぞ、ミヤマ。

「春日」

春日がひとりになったときに声をかけた。

ミヤマがどういう基準で攻撃しているのかいまいち分からないが、僕に手出しするようなことがあれば、吉野さんがしかるべき対処を取ってくれるはずだ。それを信頼して普段通りに振る舞う。

「草壁くん、どうしたん?」

「今日学校が終わったらさ、万葉茶房に寄っていかないか」

春日が驚いたような顔をしたが、すぐにちょっとからかうような顔になる。

「いろいろ気を遣わせちゃったかな」

どこまでコイツは察しがいいんだ。と言うより、どこまでコイツは察しているんだ。なるほど、ミヤマがやきもきする気持ちも分かる。だが、ミヤマのやり方は乱暴すぎる。春日のことを考えるなら、もっと違うやり方を考えろよ——。

放課後、春日と僕は、ふたりでならまちの「万葉茶房」へ向かっていた。

店の勝手口に回り込む。そこには阿砂子が待っていた。

「あら、阿砂子ちゃんじゃない」

春日が手を振る。そのとき——

「ごめんなさいっ。——えいっ」

阿砂子があやかしの力を使って、春日に砂をぶつけた。

「きゃあっ」

砂をもろに頭から被った春日が悲鳴を上げた。一生懸命、両手でそれを払い出す。

「もう、いたずらが過ぎるよ、阿砂子ちゃん」

メガネを外して顔の砂を払いながら、春日はあくまで優しく阿砂子をたしなめた。ほんとうに、彼女は大仏様のような人格者だと思う。

そのとき、僕たちの背後から急に強い風が吹いた。

風が阿砂子を捕まえようとした瞬間——。

「捕まえたぞ、小天狗」

音もなく建物から出てきた吉野さんが、風を掴んだ。まるで小さな竜巻のような空気の流れが、吉野さんの右手周辺で動きを封じられている。

『放せっ』

人間には聞こえない、ミヤマの声が聞こえた。

「大人しくしろ。今回だけは、特別だぞ」

そう言って吉野さんが自分の左手の親指を噛み、その血を風の姿を取っているミヤマに晒《さら》した。

風に血が混じり、かき混ぜられる。粘度を持ち、動きが遅くなったつむじ風は、やがて少年の形を取った。天狗の少年・ミヤマだった。

ミヤマは春日に害をなす者を攻撃する。文字通り神出鬼没で僕には捕まえられない。だが、こちらにはミヤマを問答無用で捕まえることができる吉野さんがいた。ミヤマも吉野さんのことは警戒しているだろう。そこで、春日には申し訳ないが、内緒で阿砂子に砂をかけさせてミヤマをおびき出すことを考えたのだ。

砂を払ってメガネをかけ直した春日が驚いて目を丸くし、両手を口に当てた。

「ミヤマ、くん……？」

吉野さんに腕を掴まれたままのミヤマがそっぽを向く。

「――そんな奴、知らねえ」

ミヤマのつれない態度に、吉野さんが面倒くさそうに舌打ちした。

「……長くなりそうだな。誰かに天狗の姿が見られるのも面倒くさそうだ。中に入れ」

吉野さんが、ミヤマを引きずり込むように店内に連れ込む。春日と僕も続いた。

中に入ると、ミヤマ、春日、僕があやかし部屋に座り、吉野さんは厨房に戻った。今度は逃がさないとばかりに、勝手口の前には真奈歌姉さんが仁王立ちし、お店の給仕には阿砂子が入っている。

「ミヤマくんでしょ。私やって。春日めぐみ。覚えてへん？」

「……知らねえ」

あぐらをかいたミヤマが悪態をついた。

「私の周りでおかしなことが起きてたんって、ミヤマくん？」

まっすぐな目で春日が問いかけた。ミヤマがその視線から逃れるように身をよじる。

「おまえなんて知らない。関係ない。俺は、ただ、この辺でイラつく連中にいたずらしてただけだ」

春日のためを思っての行為とはいえ、乱暴を働いたことは事実だ。しかも、そのせいで、春日がクラスの中で微妙な立ち位置に立ってしまったことは、コイツだって見ていたはずだ。

ミヤマは、自分のやり方以外に春日を守る方法が分からない。

挙げ句の果てには知らぬ存ぜぬで、春日とは関係なく自分が勝手にいたずらしたのだと言う。

ミヤマの不器用っぷりに、僕は胸が詰まった。

このままミヤマがシラを切るようなら、一発殴ってやろうかとすら思ったときだった。

春日が涙を流し始めた。

ミヤマも僕も、驚いて春日を見つめる。彼女は涙を流しながらも、いつも通りの優しい笑顔を浮かべて見せた。

「やっぱり、ミヤマくんや。全然昔のまんまや。嘘をつくんが下手で。不器用で」

春日がミヤマに手を伸ばす。ミヤマはその手を見てとても恐ろしいものを見るような顔をして腰を浮かせかけたが、結局、あきらめて春日のなすがままにさせた。

「な、なんだよ……？」

春日がミヤマの頬に手を当て、顔をじっくり見つめている。

「私を助けてくれたとき、明らかに怪我してるのに、怪我なんてしてないって言い張ったときと同じ目をしてる。だから、すぐ分かった」

僕は、どうしていいか分からない様子で動揺しているミヤマに話しかけた。

「春日は、ミヤマの羽を大切に持っていた。いまも持ってる。おまえだって、羽に話しかけている春日を見たんだろ。その気持ちを考えたことがあるのかよ」

「…………」

「春日は言ってた。苦しいとき、つらいとき、きみの天狗の羽にだけは本音が言えたって。その意味を、もっと考えろよ」

「俺は……」

ミヤマが言葉に詰まった。春日が、涙を流しながらも微笑みを浮かべてミヤマを見つめている。見つめられて、ミヤマが明らかに動揺している。逃げ出そうと考えているのかもしれない。

そんなことをさせてはいけない。

大切な人には、しっかりその思いを伝えておかなければ後悔する。友人でも恋人でも、親子でも、会えなくなる日は、突然にやってくるかもしれないのだ。

父さんにも、そしてかすかにしか記憶が残っていない母さんにも、いまの僕はどんな気持ちも伝えることができないのだ。それがとてもつらいことなのだと、ひとりになって初めて気づいた僕みたいになって欲しくない。

お互いに目の前にいるのに、すれ違うふたりを何とかしたかった。

「おまえのことを、いつまでも大切な友達だって思ってる証拠じゃないか」

ミヤマの唇が震えた。ミヤマがその震えを止めるように、唇を噛みしめる。目には涙が浮かんでいた。

もう少しでミヤマは素直になる。そう思った僕は、春日をもう一度振り返った。

「そうだよ」

僕の意図を解したのか、春日が一歩、ミヤマに近づいた。動きに伴って彼女の涙が、床に落ちる。

「ずっとずっと、大切な友達やって、言ったやん」

「違う……俺は……」

「目に見えへんけど、ミヤマくんがいるって思うことで、私、がんばってたんよ」

ミヤマの頭が小さく震え、とうとう両目から涙がこぼれた。

ミヤマは涙をぬぐいもしないで腕を伸ばし、春日の頬に触れた。

「素敵な女の子に成長したね、めぐみちゃん」

「ミヤマくん――」

春日の顔がぐしゃぐしゃになっていた。

ミヤマも大きく息をつき、拳で乱暴に涙をぬぐった。

「あのときは、怪我を治してくれて、ありがとう。怪我をさせちゃった連中は、きちんと治して帰るよ」

そう気持ちを伝え終えると、ミヤマは一陣の風に戻った。

その風は名残《なごり》惜しむように春日の周りでくるくると吹き、やがて外へと吹き抜けていった。

きっと、吉野山へと去って行ったのだろう。

その週末、春日はひとりで吉野山に登った。

目には見えないけど、そこにいてくれる友人に会いに行くために――。

第三章　荒池の水面に映える猫又の恋

1

ならまちのそばに氷室《ひむろ》神社という神社がある。場所はならまちから少し歩いた国立博物館の向かい側。奈良時代、平城京遷都の年に天皇の命令で、氷室を作って氷を保存し、翌年、平城京へその氷を捧げたことに由来する神社だ。

奈良時代から氷の神を祀《まつ》っているということで、現在では、かき氷をお供えものにする一風変わった神社として知られている。

そういった由来もあって、最近、ならまち周辺の喫茶店などでは、共同して「かき氷マップ」というものを作って配っている。盆地なので奈良の夏は暑い。観光客に、かき氷でひと休みしてもらえれば、と考えてこの企画が生まれたそうだ。

そのマップには、ありがたいことに我が「万葉茶房」も、かき氷のおいしい喫茶店として掲載されている。

というわけで、夏の観光シーズンは、お店にかき氷目当てのお客さんがたくさんやって来るのだ。

万葉茶房の特製かき氷は、特別の機械を導入して作っている。口に入れればふわふわと雲のような舌触りで、溶けると同時に汗がすっと引いていく。

吉野さん渾身の特製シロップは、上品な甘さで口の中がべたつかず後味がよかったし、抹茶や小倉あんといったトッピングも素晴らしい。そして、何より氷自体のおいしさが売りだった。それこそ、何もかけなくてもほのかに甘みを感じるような氷なのだ。

「仕入れ先が、特別だからね」

僕が初めてかき氷を食べさせてもらったときに、あまりのおいしさに驚いていたら、真奈歌姉さんが教えてくれた。仕入れ先が特別ということは、何らかの神様の力がこもっているのかもしれない。僕は知らない方がいいような気がした。

七月に入ってからは気温が三十度を超える日も多く、連日、かき氷がよく売れている。それは人間だけではなく、あやかしも同様だった。

「よし。今日もがんばってかき氷を作ろう」

学校から帰って来るなり、ギャルソンエプロンを締めて手を洗って気合いを入れる。すると、さっそく厨房そばのあやかし部屋から、人ならぬ女性のしくしく泣く声が聞こえてきた。

「ううっ……。ううっ……。しくしく」

もう泣き声だけで分かる。神様の常連客、女神のナキサワメさんだ。

今日も変わらず泣いている。毎日のように尋ねてくる彼女に歌を捧げるのは、僕の日課といってもよかった。あやかし側の給仕を担当している阿砂子が、げんなりした顔をしている。ちょっと様子を見に行ってやるか。

「どうした、阿砂子。ナキサワメさんが泣いているのは、いつものことじゃないか」

「だってさぁ、かき氷を一気に食べすぎて泣いてんねんで」

阿砂子があきれ顔になるのも、無理はなかった。どこから入り込んだのか仔猫が一匹、ナキサワメさんの隣で小さく鳴いていた。

「ううっ……冷たくて頭が痛い……。彰良さん、歌の力で助けてください……」

「……そんな神様、助けません」

いやしくも日本神話に登場する女神が、かき氷を食べて頭を抱えている。冷静に考えると笑っていいのか迷う、すごい光景だった。

さて、冗談はやめにして、どの歌で慰めようか……。

だが、珍しいことに今日はナキサワメさんひとりではなかった。そういえばかき氷の器がふたつあった。

最初はただの三毛の仔猫かと思ったが、あやかしの気配がする。目を凝らすと、小柄で茶色の髪をボブヘアにした女の子が隣に座っていた。

暑いからか、タンクトップにミニスカートという服装で、私服姿の女子高生と区別がつかない。だが、頭に目を向ければ彼女があやかしなのは、明らかだ。ボブヘアの頭の上にはかわいらしい猫耳が生え、スカートのおしりの辺りからはしなやかな猫のしっぽが二股に伸びている。

「二股のしっぽということは、猫のあやかしの猫又？」

僕が見抜いたからだろうか、猫又は人間の姿にはっきりと現象化した。

彼女も熱心にかき氷をちょこちょこと食べている。おいしさに夢中な様子だ。頭は痛くなっていないようだった。

「ああ……そうでした、彰良さん。私がお連れした、この方の相談ごとを聞いてあげてください……。とても悲しくて、私、涙が……ううっ」

「ナキサワメさんの今日の涙は、いつもとはちょっと違うみたいね」

人間側の給仕を終えた真奈歌姉さんがいつの間にかやって来ていて、苦笑いを浮かべながら話を聞いていた。姉さんはどうやら、事情を知っている様子だった。

「真奈歌姉さん、あの女の子は猫又？」

苦笑したまま姉さんが頷いた。

「彰良くん、ようこそ。『あやかし万葉〈恋する乙女〉茶房』へ」

話が長くなりそうだったので、猫又には人間側の店が終わるまで待ってもらった。閉店作業は吉野さんと阿砂子にお願いして、僕と真奈歌姉さんは猫又の話を聞くことにした。真奈歌姉さんの話から察するに恋愛関連の相談みたいだが、あやかしの恋に僕が何をできるというのか。

「彰良くん、彰良くん」

「何ですか、真奈歌姉さん」

「猫又って、かわいいわよねぇ」

仕事が終わって余裕が出来た真奈歌姉さんが、うっとりした表情をしている。

お気に入りだからというわけでもないだろうが、真奈歌姉さんが煎茶《せんちゃ》を淹《い》れ、おかきを用意した。長期戦の構えか。

「熱いっ」

猫又が煎茶を飲もうとして、舌をやけどしたようだ。

「あ、ごめん……。やっぱり、猫舌なんだね。でも、その顔もかわいい……」

……真奈歌姉さんは、相当な猫好きなんだろう。

涙目になっている猫又が、ミコと名乗ると三つ指をついて深々と頭を下げた。

「お時間をいただき、ありがとうございます」

「あ、いえ、こちらこそ。やけど、大丈夫？」

とても丁寧なので、かえって恐縮してしまった。

そして、ミコの長い話が始まった。


話は、いまから数年前にさかのぼる。

ならまちに近い荒池《あらいけ》のそばを、ミコはぷらぷらと歩いていた。といっても、見た目が人間に近い猫又の姿ではない。普段は、普通の仔猫として人間世界を闊歩《かっぽ》しているのだという。仔猫姿のときには、しっぽもふたつに分かれていない。

「普段は春日大社から奈良公園辺りにいるのですが、真夏ですごく暑かったんです。それで、ちょっとでも水辺がいいなと思って、荒池まで出てきました」

「水辺は水辺だけど、あんまり涼しくないのが、ちょっと悲しいよね」

荒池はその名の通り池だから、水が流れているわけではない。だから、風でも吹かなければ水辺の涼しさは味わえない。僕の言葉にミコが強く同意した。

「そうなんです。しかも猫の姿のときは、全身毛皮状態なのでなおさら暑くて」

うだりながら池のほとりを歩いていたそうだ。

ベンチの下の日陰を探したが、修学旅行生が多くて落ち着いて涼んでもいられなかったという。

「たしかにあの辺は浮見堂《うきみどう》も近いし、修学旅行生とか観光客も来るわね」

真奈歌姉さんが、おかきをぽりぽりと食べている。おいしそうなので、僕もひとつもらった。

「荒池はご存じの通り、有名な奈良ホテルのそばにあります。道路でふたつに分かれている池のうち、私が歩いていたのは、いま真奈歌さんが言った浮見堂に近い方。ほとりまで歩くことができて、鹿たちもいます。でも、だいたい日陰が修学旅行生や鹿たちに押さえられているし、水辺にはあまり木陰もないし。こんなことなら春日大社の屋根の下で涼んでいた方がよかったと思って、帰ることにしたんです。でも……」

暑さでぼーっとしていたのか、つるりと足を滑らせて池に落ちてしまったそうだ。

慌てて岸に上がろうとするが、慌てるほど上がれない。

姿が仔猫のため、人間から姿も見えにくい。

そして運の悪いことに、誰かがポイ捨てした釣り糸に絡まってしまったのである。

「もがけばもがくほど、釣り糸が手足に食い込んで、本格的に溺れてしまったんです」

「あー、いるわよねぇ、そういうマナーの悪い人。たいていは子供なんだけど、ときどきいい年したおじいさんもそういうことするから、ほんとムカつく。ましてや、こんなかわいい猫ちゃんに危害が及ぶなんて」

緊迫した場面のはずだが、真奈歌さんがおかきを食べながらのんびり相づちを打っている。まあ、ミコはここにこうしているんだから、結末は悲劇ではないんだろうが……。

「それで、どうなったの？」

僕が先を促すと、ミコが十分に冷めた煎茶を飲んで続けた。

身動きも取れなくなり、鼻や口に池の水が入る。鳴き声はか細く、届かない。徐々に意識がぼやけてきた。

「そのときでした」

通りかかった人間が、仔猫姿のミコをすくい上げてくれたそうだ。

『大丈夫かい？　危なかったね、きみ』

とても美しい声の少年だったとミコは話した。

「それで、私、何というか……」

ミコが顔を赤らめてもじもじし始めた。頭の上の猫耳が垂れて、二股のしっぽが交互にぱたぱたとせわしなく動いている。

「ん？」

「その、人に、私……、恋をしてしまったんです――っ」

仔猫姿のミコのことを、優しく横を向かせて飲み込んだ池の水を吐かせ、引っかかっていた釣り糸を丁寧に取ってくれた高校生ぐらいの少年。真ん中分けの黒髪にほっそりした体型で、繊細そうな優しい顔をしていたと言う。

「青春だねえ」

真奈歌さんが遠い目をした。

「ちなみに私、この話を聞くの、実は三回目」

「ああ、それで……」

真奈歌姉さんが、あまり話を真剣に聞いていなかった理由が分かった。ミコが両手を頬に当てて、くねくねしながらしきりに照れている。ちょっとかわいい。

「その高校生とは、その後どうなったの？」

僕が尋ねると、それまで照れていたミコがふと動きを止めた。猫耳を一段と垂らし、目に大粒の涙がたまっていく。

「それっきり、お会いしていないんですぅ……」

猫のように表情が変わると言うのは、比喩でも何でもなかった。めそめそと泣き始めたミコの頭を、真奈歌さんが撫でている。

「その後、その人とはそれっきりなんですぅ」

「名前は？」

「分かりません。仔猫でしたから」

「それだと住所なんかも……」

「分かりません。仔猫でしたから」

しくしく泣きながら繰り返すミコ。真奈歌姉さんが頭を撫でてやっているが、こっちはこっちで何だかうれしそうだ。真奈歌さん、ほんとうに猫が好きなんだな。

「そこで、お願いがあるのです」

泣きやんだミコが、涙目のまま再び三つ指をついた。しっぽがもじもじしている。

「もう一度、あのしょ、しょ、少年に——会いたいのですっ」

予想外に大きな声をミコが発した。

厨房からも、一瞬手を休めてこちらをうかがう気配がする。

「うん。とりあえず、お茶を飲んで落ち着こう」

僕がそう言うと、顔を上げたミコがかーっと赤面する。あわあわと開いた口に八重歯が見えた。

「あやかしが人間相手に、馬鹿なお話とお思いかもしれません。他ならぬ私自身が、そう思っていましたから、この数年、想いに蓋《ふた》をしていました。でも、荒池の周りを歩く恋人たちを見ていると、どうしても我慢できないんですっ」

ミコはそう言って、もう一度「お願いしますっ」と頭を下げた。動揺したからなのか、ミコの身体が急にするすると小さくなり、小さな三毛猫姿になる。みゃう、と鳴いた。

「かっ……かわいい……っ」

真奈歌姉さんが高い声を上げた。

わなわなと手が震えていたが、最後には我慢しきれなくなったのか、仔猫を抱き上げて頬ずりし始めた。なぜだろう。仔猫がちらりと僕の顔見て、にやりと笑ったように見えた。かわいい顔して、あざとい奴なのかもしれない。

「彰良くん、協力しようっ」

真奈歌さんが張り切っている。

「恋する心に、あやかしと人間の違いなんて些細なものよ。乗り越えられるっ」

一瞬、酔っているのかと思ったが、真奈歌さんはしらふだった。

「さあ、がんばってその少年を探すのよ、彰良くんっ」

「は、はい」

真奈歌さんに抱っこされている仔猫が、満足げにみゃうと鳴いた。

引き受けたはいいものの、ミコの想い人捜しは難航した。

何しろ、手がかりと言えばミコの記憶だけ。それも池で溺れていたから意識は曖昧。加えて言うなら、ミコに少しでも覚えていることがないか尋ねると、「それは数年前のことでした……」と、出会いから一目惚れにいたるまでの話を、のろけながら何度も繰り返すばかりである。

猫好きの心をわしづかみにされて協力を申し出た真奈歌さんも、さすがに困っていた。

「結局、その制服って、ミコは見たことなかったんだよね」

通算十数度目の恋バナが終わって、照れている猫又に僕が尋ねた。

「そういえばそうですね。夏服でしたけど、シャツの上に着ているベストも、胸のところの校章の刺繍《ししゅう》も、初めて見るものだったように思います」

「僕がいま着ているシャツとベストじゃないんだね？」

「ちょっと違います」

「ミコの行動範囲は、基本的に春日大社から奈良公園までだよね」

「はい」

ちょこんと正座したミコが頷く。猫耳がぴくりとした。

「となると、この辺の高校の可能性は低いわね」

ミコの頭をもしゃもしゃと撫でていた真奈歌さんが、考えを口にした。僕も同意する。

「僕の高校でもないみたいだし」

僕と真奈歌さんは、ため息をついた。

「あの、真奈歌姉さん、僕、思うんですけどね」

「彰良くん、私もちょっと思うところがあるんだけど、お先にどうぞ」

真奈歌さんの淹《い》れてくれた煎茶《せんちゃ》をすすると、自分の考えを披露した。

「ミコの想い人って――修学旅行生だったんじゃないんですかね」

「奇遇ね。私も同じことを考えていたわ」

修学旅行生であれば、再度、この辺に来る可能性は少ない。

奈良は、言わずと知れた修学旅行の人気観光地だ。

引き受けた依頼の難しさをあらためて思い知らされ、僕と真奈歌さんは顔を見合わせて、再びため息をついた。

一方、当事者のミコはというと、三毛猫姿に戻ってにっこり笑い、顔を洗っていた。

2

幸か不幸か、「ミコの想い人は修学旅行生ではないか」という予想は当たっていたようで、驚くほど手がかりが掴めないでいた。むなしく日々が過ぎ去り、猫又姿のミコは変わらず我が恋を嘆き続けていた。

「ああ、荒池の君は、いまいずこに……」

「『荒池の君』って？」

「名前も存じ上げないので、勝手に名付けさせていただきました。ああ、荒池の君……」

見るに見かねて、ミコを励ますためにも『万葉集』に収められている恋の歌を聴かせてやることにする。

夏の野の　茂みに咲ける　姫百合《ひめゆり》の　知らえぬ恋は　苦しきものそ

いつものように歌が光となって、ミコに沁《し》み渡っていった。

「歌の意味、分かる？」

「みゃう？　姫百合は小さくて赤くてかわいい花ですよね」

「これは『万葉集』の中の、相聞歌《そうもんか》のひとつなんだ」

「相聞歌って何ですか？」

ミコが小首をかしげた。

真奈歌さんじゃないが、こうした仕草はたしかにかわいらしい。

「恋の歌だよ。――夏草の野の繁みの底にひっそり咲いている姫百合のように、人知れず思う恋はつらいものです、といったところかな」

「みゃう……」

そこでふと重大なことが気になって、ミコに確かめてみた。

「『万葉集』って、知ってる？」

ミコが手元のおかきをぽりぽりしながら首を横に振った。

「知りません」

僕は本の表紙を見せながら、ミコに簡単な説明をした。

相手は猫又だ。万葉の歌の意味がどこまで通じるのか。

「『万葉集』には、だいたい四千五百首の歌が書かれているけど、その中でいちばん多いのがさっき話した相聞歌みたいな恋の歌で、だいたい半分以上を占めている」

「何と。それは興味深いです。――おかき、彰良も食べますか」

ミコがおかきの入った器を、僕の方に差し出した。

「ありがとう。ひとつ、もらうね」

おかきをかじる音が響く。塩気を残して米の香りが鼻に抜けていった。

「……さっきの歌も、そうですよね。不思議と心に沁みました」

ミコの耳としっぽが少し力なく垂れた。

「さっきの恋の歌を詠んだのは、大伴坂上郎女《おおとものさかのうえのいらつめ》っていう人で、女性では『万葉集』でいちばんたくさんの歌が入っているんだ。『万葉集』を編集した人のひとり、大伴家《おおとものやか》持《もち》の叔母さんで、この人はたくさん恋の歌を詠んだ」

「恋の気持ちは、不思議と通じ合うものがあるんですね」

「うん、そうかもしれない。少しでもミコの気持ちに寄り添った歌だったなら、紹介した甲斐があるよ」

「ふーん」のひと言で終わるのではないかと危惧していたのだが、興味を持ってもらえたようでよかった。ミコは腕を組んで唇を噛みしめるようにしている。

「秘めた恋のつらさは、人間もあやかしも同じなんですね」

かなり的確に歌の心を把握しているミコを、僕はちょっと見直した。


というものの――。

さすが、恋の病は何とやらである。繰り返し聞かされるミコのなれそめ話も、三十回を超えた。そんな様子を見かねたのか、吉野さんが帰り際に、特別に持ってきたという自分の寝酒をミコに分けてあげていた。

「恋は、忍んでこそ美しいんだ」

「……みゃう――？」

ミコは意外と酒好きだったようだ。吉野さんが持ってきたお酒は、あっという間に飲み干してしまった。僕は、ジュースを片手に変わらず彼女の話し相手をしてやっている。

「けふっ」

少し赤い顔になったミコが小さくげっぷした。真奈歌さんがミコの頭を撫でた。

「あっ、そうでしたっ」

突然、ミコが小さく手を叩いた。

「どうした？」

「荒池の君は——目が不自由でいらっしゃいました」

言葉の意味するところを呑み込むのに、少し時間がかかった。

「そういう大事なことは、早く言って欲しかったんだけど」

「そうでしたか、みゃう……。だから、荒池の君は耳が良かったのでしょう。私のか細い鳴き声を聞いて、助けに来てくださったんだと思います」

「ああ、なるほど——」

そう頷いて、何か心に引っかかるものを感じた。

「ああ、思い出しましたぁ。荒池の君はとても紳士的な方でしたぁ」

酔っ払ったミコが、にたにたとのろけている。

「他にも思い出したことがあるの？」

「私を助けるとき、すごく必死に声をかけてくれていたんですよ。それこそ、まるで普通の娘に接するみたいに」

「ミコのことを、普通の女の子だと思って接してたっていうの？」

「みゃう」

赤ら顔のミコが頷いた。

何か違和感が膨らんでいく。

ちょっと頭の中を整理しよう。

荒池の君は、池に落ちたミコを助けてくれたという。

だが、ミコの話によれば、荒池の君は目が不自由なのだ。

目の不自由な方が、池に落ちた仔猫を自分ひとりで助けるものだろうか。

目が不自由なら、自分が池に落ちてしまう危険だってある。それでもミコを助けたのは、自分のハンデを度外視してでも助けなければいけないと思ったからではないか。

それは、普通に考えれば人命がかかっているとき――。

さらに、ミコがいま言っていた「普通の娘に接するみたいに」という言葉。

「荒池の君は――池に落ちたミコのことを仔猫だと思っていたのかな」

「みゃう?」

小首をかしげたミコに、僕はいま考えたことを説明する。

「荒池の君には――ミコが仔猫ではなく人間の姿で見えていたんじゃないかな」

「ああ、なるほど」とミコが頷いている。

「お釈迦様の偉いお弟子様に、目が見えなくなった代わりに霊眼が開けて、普通は目に見えないものも見えるようになった天眼第一の方がいましたよね。興福寺《こうふくじ》にある国宝の乾漆十大弟子立像《かんしつじゅうだいでしりゅうぞう》の中では破損して欠けていますけど。荒池の君には、そんなお力があったのかもしれません」

僕は仏教にはあまり詳しくないのでよく分からなかったが、何だか誇らしげに語るミコ。博識なところを自慢したいのだろうか。いや、それよりも重要なことがある。

ミコの推測が正しければ、荒池の君は耳が良いだけではなく、僕ほどはっきりとではないにしても、あやかしが見えるのではないか。ちょうど僕が、お店にいた三毛猫姿のミコを見て猫又としての姿を見たように、荒地の君にもミコの姿が心の目で人間の少女のように見えていたのではないか。

だが、助けるときには仔猫の身体だったはずで、大きさが明らかに人間ではないと気づいただろう。目が見えないぶん、手先の感覚は敏感な方が多いとも聞くし。

となると――。

「それって助けてもらったとき、相手の人はきみのことを、普通の人間ではないって気づいたことにならない？」

僕の質問にミコが押し黙った。眼がきょろきょろと落ち着きなく動く。いままでお酒で赤くなっていた顔が青くなり、青を通り越して土気色になってきた。

「うち、猫又ってばれてるん？」

口調が方言になっていた。

「いや、でも分からないよ。見た目だけで人間なのかあやかしなのか、僕だって分からないことがあるし。たとえば吉野さんとか、初対面では大天狗だとは思わなかった」

ミコが文字通りの猫目をぱちくりさせて、顔を洗った。

「みゃう。たしかにあんたが人間やって言うのはすぐに分かったんやけど、他のここの人たちは、一目見ただけでは人間かあやかしか分からん」

真奈歌さんが煎茶《せんちゃ》のおかわりを淹《い》れてくれた。

「はい、ミコちゃん。ぬるめのお茶を飲んで酔いを覚まして」

「みゃう」

「あやかしだってバレていようと関係ないわ。前にも話した通り、あやかしと人間の壁なんて、恋する乙女には些細なものなんだから」

煎茶を飲んでいたミコが、感動した面持ちで真奈歌姉さんに甘える。

喉がごろごろ鳴っていた。猫又姿だったが仕草は仔猫だ。

真奈歌姉さんは、心から幸せそうだった。

お店を閉めてから、僕は風に当たりたくて外へ出た。

ミコとその想い人のことをあれこれと考えていたら、なぜか死んだ父さんのことを思い出して、気持ちを整理したくなったのだ。

奈良の夜は暗い。あやかしたちの時間だ。街灯の少ない道を歩いてあやかしたちの宴に紛れても面倒だから、なるべく明るい道を歩く。

奈良ホテルそばから荒池の辺りを眺めた。

夜空に浮かぶ満月が明るかった。

父さんは、母さんと大恋愛だったと自慢していたものだ。

そんなことを実の息子に言われても困るし、だから真面目に聞いてはいなかった。

『母さんはな、すごーく優しい人なんだぞ』

たまのお酒で泥酔したときの父さんの口癖だった。

『優しいっていうか、情愛の深い人だったなあ。彰良も、ああいう人をお嫁さんにするといいんだけどなあ』——ここまで行くと寝落ちまであと五分だった。

デザイナーという仕事柄なのか、息子の僕が言うのも申し訳ないけど、父さんは感性的ではあるがちょっと変な人だった。何しろ息子に自分たち夫婦の恋愛話を聞かそうというのだ。そのくせ写真嫌いで、自分の写真も母さんの写真も一枚もない。

『おまえの体質のことで困ったときには、きっと母さんは助けてくれる』

酔っ払って寝落ちする瞬間の父さんの口癖だった。

そのときはみっともないような恥ずかしいような気がして、まともに聞かなかったけど、いまになっては、もっと父さんの話や母さんのことを聞いておけばよかったと思う。

そうすれば、ミコをもっと励ましてあげる助けになったかもしれない。

自分たちの恋愛話を僕に聞かせようとした父さんと、恋の歌にたくさん赤線を引いた『万葉集』を僕に残していった母さん。きっとふたりは、お似合いだったんだな。

「夜道のひとり歩きは危ないですよ」

足元から急に声をかけられた。仔猫姿のミコだった。

「ついてきてたの？」

「みゃう」

「ミコこそ、落ちると危ないから、あんまり池のそばに行くなよ」

「私は夜目が利きますから」

僕は静かに足元の仔猫を見つめた。荒池を見つめるその横顔は、肉眼で見ればどこから見ても猫なのに、あやかしを見ることができる僕のもうひとつの心の目には、切ない眼差しの可憐な少女が立って見えた。

「ねえ、ミコ」

「みゃう？」

「荒池の君は——きっと見つかるよ」

ミコがふと僕の顔を見上げた。はっきり分かるほどに笑顔になって「みゃう」と鳴くと、僕の肩に軽やかに飛び乗ってきた。

荒池に満月が静かに映っている。

ミコを肩に乗せたまま、僕は家に帰ることにした。

そろそろ期末試験の勉強もしなければいけない。

「ただいま」

「おかえり」

風呂上がりで気取らない格好の真奈歌さんが、僕らを待っていた。

「ミコちゃんも一緒ね。よかった」

真奈歌姉さんはにこにこと一階へ降り、しばらくするとお盆を持って二階に上がってきた。お盆には、ピザが載っていた。チーズの焦げたいい匂いがする。見れば紫色の野菜がトッピングされている。なすのようだ。

「これは……」

「大和丸なすのピザ。吉野さんが彰良くんとミコちゃんの夜食用に、賄《まかな》いを作っていってくれたのよ。彰良くん、もうすぐ学校の期末試験でしょ？　彰良くんが、なすが好きだって言ったのを、吉野さん、覚えててくれたのね」

「これ、私もいただいてもいいんでしょうか」

ミコがよだれを垂らさんばかりにしている。こんなとき真っ先に食べたがりそうな阿砂子はというと、もう寝てしまったらしい。

「もちろんよ。でも、熱いから気をつけてね」

猫舌ではない僕は、早速カットしたピザを食べた。チーズとなすの相性がとてもよい。サラミなどはないのに、なすだけでも十分お腹が満足する食べ応えだ。

「おいしいです」

「よかった。――ああ、そういえば、彰良くんのお母さんもピザが好きだったわね」

「そうだったんですか」

「正確には『好きになった』かな？　彰良くんのお父さんとの初デートでピザを初めて食べて、その味に感動したってしょっちゅう言ってたから」

さっきぼんやり考えていた両親の恋愛話を、まさかここで聞けるとは思わなかった。やっぱり、ちょっとくすぐったい感じがした。

「何と。それでは、ピザはデートの縁起物なのですね」

ずいぶん変わった解釈をしたミコは猫又姿になってピザを食べようとしたが、熱さに舌を引っ込めることになった。

和やかなひととき、窓の外には先ほどと変わらない満月が夜空に皓々《こうこう》と輝いていた。

翌日、僕が学校から戻ると、真奈歌さんはとても機嫌良さそうだった。

「何かいいことがあったんですか」

「たぶん見つけたわよ、荒池の君」

目が不自由だという重要な手がかりを掴んだからとはいえ、こんなに早く見つけるとは……。真奈歌姉さんの猫好きパワー、恐るべしだ。

例によってお店が引けるとミコが勝手口からやって来て、人間の姿になった。すでに真奈歌姉さんが満面の笑みでお茶の準備をしていた。

「探してきたわよ、荒池の君の手がかり」

「みゃうっ⁉　ほ、ほんまっ⁉」

ミコの耳としっぽが伸びる。真奈歌姉さんが堪《こら》えきれずに笑い声を漏らした。

「ふっふっふ。修学旅行で荒池辺りに来ていたんだとしたら、普通はその周りのお寺さんにも行くはずでしょ？　東大寺、春日大社から興福寺あたりが定番かなと思って、伝手《つて》を頼って話を聞きに行ったら、数年前、興福寺に盲学校の生徒たちが修学旅行で来たって覚えている方がいて」

「みゃうっ」

「真奈歌姉さん、すごいじゃないですかっ」

ピースをした真奈歌姉さんが一枚の写真を取り出した。ミコとともに写真を覗き込む。

「これ、興福寺で撮ったその盲学校の集合写真。どう？　この中に荒池の君はいる？」

ミコが写真を舐め回すように見つめる。耳やしっぽがちょこちょこと動いていた。そして、写真のある一点で目が止まり、何度か確認するようなそぶりを見せると、いきなりしっぽをぴんと伸ばして叫んだ。

「あああああっ」

顔を上げたミコが、真奈歌姉さんと僕を代わる代わる見て、写真の一点を指さした。

「い、いました。こ、この方ですっ‼」

細身の男子生徒だった。ミコが話した通り、髪の毛を真ん中分けにしていて優しそうな顔。ちょっと照れたような笑顔で集合写真に写っていた。

「やったじゃん、ミコ」

「ありがとうございますっ」

ミコが大喜びでハイタッチを求めてきた。僕、真奈歌姉さんと続けてハイタッチする。

そこで僕は、いちばん大事なことを思い出して尋ねた。

「真奈歌姉さん、この学校はどこの学校なんですか」

これで東京だとか北海道だとか、遠くの学校だったら大変だ。

「ふっふ～ん。奈良県内の盲学校よ」

「それだったら、会えますよね」

「会える会える」

ミコの顔がキラキラと輝いていた。

「あの～」

ミコが下から真奈歌姉さんを見上げるように声をかけてきた。

「何かしら」

「ひょっとしてなんですけど……」

「うんうん」

「とっても厚かましいお願いだとは思うんですけどぉ」

「何よ、水くさい」

「荒池の君と私が会えるようなお膳立てとかって、お願いできたりなんかしちゃったりしますか……」

「もちろんよっ」

真奈歌さんが胸を叩いて請け合った。

ミコが満面の笑みを浮かべる。かわいい猫目少女の幸せいっぱいの笑顔である。真奈歌さんがノックアウトされないわけがない。

「ありがとうございます！」

ミコが真奈歌さんにすり寄って親愛の情を表している。これは本能的行為なのか、あざとい計算によるものなのか。どちらにせよ、真奈歌姉さんはさらに上機嫌になって、残っていたレジ締めの仕事をしにレジの方へと戻っていった。

笑顔で手を振って見送っていたミコが、真奈歌姉さんが見えなくなると、ふとため息をついた。

「はあ……」

耳としっぽが垂れるとともに、背中が丸まって猫背になる。

「どうしたの？」

「みゃう……」

振り返ったミコは先ほどまでの歓喜の表情はどこへやら、雨に打たれた仔猫のようにしょぼくれていた。相変わらず感情の起伏の激しい奴だった。

「真奈歌姉さんがああ言ってるんだ。大丈夫だよ」

「うん。真奈歌さんはいい人やから、きっとがんばってくれはると思う。それについては、ほんまにほんまにどんだけ感謝しても感謝しきれへん」

そう言いながら、ミコが目に涙を浮かべる。気持ちの方が先走るのか、口調が丁寧語ではなくなっていた。

「じゃあ、信じて待っていればいいじゃないか」

ミコがさみしそうに微笑んだ。ぬるいお茶の入った手元の茶碗を回し出す。

「見つけたとこで、会えたとこで、一緒になれるわけやないのに……」

とても低い声だった。一瞬、ミコがしゃべったとは思えなかったほどだ。

「昼間、猫の姿で、この茶房周辺や屋根で時間潰してると、表の人間コーナーに恋人同士のお客さんが来るんが見える。ふたりで一緒にお茶できることが、当たり前みたいな顔してやって来る。自分らがどんだけ恵まれてるんかも知らんで、うらやましい。ううん、めちゃくちゃ妬ましい」

「真奈歌姉さんは、人間とあやかしの差なんて些細なものだって何度も言ってたけど」

「そんなわけないやん」

ミコが即答して、嘆息した。僕も内心でそんな単純なものじゃないだろうと思っていたから、ため息をつくことしかできない。

「人間とあやかしだもんな」

「あやかしと人間やもんね」

落ち込むミコを見ながら、何かしら励ます方法がないかいろいろ考える。

だが、あいにく僕には、人間とあやかしの恋愛についてアドバイスできる経験はない。

結局、僕の得意分野と言えば、『万葉集』とその周辺の時代について詳しいことぐらいしかない。それを歯がゆく思いながらも、ふと思いついたので、ミコに羽衣《はごろも》伝説の話をすることにした。

「奈良の話じゃないんだけど、三保《みほ》の松原《まつばら》の羽衣伝説って知ってる？」

「三保の松原って、どこ？」

「奈良からはずいぶん東の方にある、静岡県っていうところ。まぁ、似た話は日本中に結構あって、滋賀県や京都にも、そういう話はあるらしいんだけど」

三保の松原は古来、景勝地として有名で、『万葉集』でも歌われている。

どの羽衣伝説も、羽衣を纏《まと》った天女《てんにょ》とその天女に恋する男という部分はほぼ共通だ。天女が水辺に舞い降り、羽衣を脱いで水浴びをする。天女の美しさに一目惚れした男が、彼女を天に帰すまいとして羽衣を隠してしまう。天に帰れなくなった天女は男と暮らすようになり、子供を授かる。幸せに暮らしていたある日、天女は男が隠した羽衣を見つけ、その羽衣を纏って天に帰ってしまう——。

羽衣伝説には、天女は男と結ばれず、老夫婦に引き取られて人間に酒造りを教えたという一説もあるが、猫又の恋を応援する話にはならないのであえて無視した。

「うち、天女やない」

「そうかもしれないけど、天女だって人間じゃないだろ？」

天女も、あやかしや神様に近い存在と言える。

「羽衣を隠すなんて、最低の男や」

「そうかもしれないけどっ。言いたいのはそこじゃない。人間じゃないものと人間とで、子供ができるほど愛し合えるってことだよ」

ミコがうつむき、黙って何かを考えている。

「彰良の言うことも分かるけど、それでも神様とか天女とか、ものすごく力のある存在だったから、人間との間に子供だって作れたんや」

ミコはあやかしとしての意見を言ったが、僕は人間の立場での感想を話した。

「そうかもしれないけど。僕には、やり方に難があったとはいえ、男がほんとうに天女を好きだったから羽衣を隠したんじゃないかと思うんだけど」

ミコがぬるくなったお茶を飲み干した。

「彰良は知ってるん？　あやかしの命の長さ。うちらは何百年、何千年と生きる。神様なんて永遠に生きてはる。でも、人間の命は――短い」

「生きる時間の違いが壁だっていうのか？」

ミコは頬杖をつき、横を向いた。

「うちらにとっては、人間の一生は短すぎる。脆《もろ》い。儚《はかな》い。瞬《まばた》きみたいなもんや。本気で愛するには、悲しすぎる――」

現実が急に重くのしかかってくるような気持ちがした。

ミコの言う通りだ。あやかしからみれば、僕ら人間はあまりにも短命だ。心を通わせても、あっという間に別れがやってくる。

だが、それでも――

「ねえ、ミコ。あやかしにとって人間の一生は短いけど――人間たち自身にとっても人の一生は短いんだよ」

ミコが頬杖をついたまま、こちらに顔を向けた。

「日本人なら、だいたい八十年とか九十年くらい生きるけど、それはあくまでも平均の話。僕の父さんは、四十歳で死んでしまった」

「——若かったんやね」

ミコが悲しそうな顔をして慰めるように言った。いい奴だ。いい奴だからこそ、放っておけない。

「父さんだけじゃない。人間はいつ死ぬか分からない。だけど、その中で誰かを好きになって、運が良ければ想いが通じ合って愛し合って。愛し合っていたと思ったら別れたりもするけど。それでも、誰かを好きになる気持ちが持てるって、短い人間の一生の中でとても素晴らしいことだと思う。これって、人間とあやかしでも素晴らしいものになるんじゃないかな」

ミコが頬杖をつくのをやめた。いつの間にか背筋を伸ばしている。

「彰良は、そんな出会いがあったん？」

「まだだけど」

「みゃう。それにしては大口を叩くんやな」

冷静に指摘されたことで、急に恥ずかしくなる。お茶を飲もうとしたら空だった。

「……歌では学んだことがある」

「にゃはは」

僕はふと思い出した、万葉の歌を口ずさんでみた。

うち日さす　宮道《みやぢ》を人は　満ち行けど　わが思《も》ふ君は　ただ一人のみ
（日が照り輝くお宮への道を、人はたくさん行き交うけれども、私が心に思う方はただひとりだけ）

「ストレートに思ったことを、そのまま歌にしたものだよ」

「みゃう。その歌を詠んだ人間は、うちと同じかもしれんね。――ただひとり、あの方だけをうちも想ってる」

ミコが空の茶碗を差し出した。僕はぬるいお茶を淹《い》れるために立ち上がった。

それから二日後の夜。真奈歌姉さんがついに荒池の君を見つけ出し、ミコとのデートのセッティングに成功した。待ち合わせ場所は、思い出の場所である荒池だった。

3

デートの前夜、ミコは彰良の家に泊めてもらうことにした。ここのところこの家の屋根で寝ていたのだが、それを知った真奈歌に自分の部屋に泊まるよう誘われたのだ。

パジャマを借りるのも申し訳ない気がして、ミコは仔猫姿で座布団の上に丸くなる。

「やっぱり、分からへん」

ひとりつぶやいたのを、パジャマ姿の真奈歌は聞き漏らさなかった。

「どうしたの、ミコちゃん」

「……この間、彰良と話したんやけど、人間にとっての恋って、よぉ分からへん」

ミコは方言の口調をあらためようともせず、彰良との会話をかいつまんで話した。

「彰良くん、意外にロマンチストなのね」

真奈歌は笑っていたが、ミコにとって重大問題であることに変わりはなかった。

「彰良の話を聞くと、人間は自分の命が短いことを知ってるけど、その人生の中で愛とか恋とかに身をやつすことで、短命な命から目をそらしてるだけにも思える。なあ、真奈歌。あんたもあやかしなんやから、その辺、どう思うん？」

真奈歌は、ミコの話す口調にも内容にも少し目を丸くしたが、ミコが憮然として返事を待っている様子を見ると、布団の上に座り声を出して笑った。

「よく私があやかしだって分かったわね。彰良くんは、まだ気づいていないかもしれないけど。そうね。たしかに私もあやかしだから、ほんとうのところは分からないのかもしれないけど……。ミコちゃんは、砂金って見たことある？」

「聞いたことはあるよ。河原の底でキラキラ光ってる砂やろ」

「人間の人生って、大変なことがいっぱいあるのよ。毎日、お金を稼がなきゃいけないし、嫌な人にも頭を下げなきゃいけないし、病気にもなるし」

「それは分かるよ」

真奈歌が仔猫姿のミコの喉辺りに指を伸ばした。猫好きの真奈歌の撫で方は上手なので、ミコは撫でられるのに任せていた。

「人生が大変なことがいっぱいなどろどろの水だとしたら、その底で、愛とか恋とかっていうものが砂金みたいにキラキラ光ってる。砂金はどんなに小さくても、『金』として価値があるものでしょ」

ミコは小さく鳴いた。

「その砂金の価値、あやかし相手でも変わらんって彰良は言いたいんか」

「日本で取れたって外国で取れたって、金は金でしょ？」

真奈歌が喉を撫でるのをやめた。ミコはほどよく気持ちよくなって、さらに丸くなった。座布団のおかげでお腹の辺りが温かい。

「そういうもんなんかな。明日、会ってもええんかな」

真奈歌がここまでお膳立てしてくれた苦労を無にしかねないひと言だったのに、彼女は微笑んで再びミコの頭を撫でた。

「――昔、人間に恋をした狐《きつね》のあやかしがいたわ。彼女は狐のあやかしの中でもとても力が強くて、つまりはとても長生きしていた。数多くの人間も見てもきた。人間相手に、出会いもあれば別れもあった。でも、ある男性に会ったとき、これまでのすべてを捨ててもいいと思うくらいの激しい恋に落ちた」

「狐のあやかしは、恋慕の心が強いらしいなぁ」

「それだけでは説明がつかないくらいの激しい恋だったわ。あやかしとしての格も力も、ぜんぶ投げ捨てていいと思うくらいの」

真奈歌の言葉に、ミコは愕然とした。

「真に力ある狐のあやかしともなれば、計り知れない妖力と不老不死にも近い命も持ってる言うやん。その力を捨ててもええやなんて思うもんなん？」

「いろいろあって、その狐のあやかしは男の元を去ることになったけど、まったく後悔はしていないみたいよ。そんな激しい恋と比べたら、仔猫ちゃんの恋なんてかわいいものよ」

ミコは真奈歌の手を振り払うようにして首を持ち上げた。

「あやかしだから分からんとか言いながら、結構言ってくれるやん、狐女」

「女の子だから分かるのよ、仔猫ちゃん」

真奈歌が小さくあくびをしたので、ミコもつられてあくびをした。

「……なあ、さっきの人間に恋した狐って、あんたの母親のあの有名な狐のこと？」

真奈歌は艶然と微笑んで、答えなかった。

「そろそろ寝ましょう。せっかくの初デート、寝不足の顔で行ったらつまらないでしょ。灯り、消すわね」

小さな音を立てて部屋の灯りが消えた。

ミコは真奈歌の言葉に甘えることにして、座布団の上であらためて丸くなり、夜目の効くその猫目のまぶたを閉じた。

4

真奈歌姉さんが設定した、荒池の君こと今村《いまむら》さんとのデート当日になった。

ミコには、荒池の端っこのベンチの上に仔猫姿で座って待ってもらうことになった。

人間姿で現象化したらいいじゃないかと僕と真奈歌姉さんは言ったのだが、ミコが、仔猫姿であっても自分の猫又姿を見抜いていた今村さんだからと、ありのままの仔猫姿で会いたいと言い張ったのだ。

たしかに猫又姿に現象化しているときにいくら変装しても、何かの拍子に猫耳やしっぽが見えてしまわないとも限らないのだから、ミコの言うことにも一理あった。

荒池はそれほど観光客でごった返す場所ではないが、ときどき地元の親子連れが遊びに来たりする。仔猫一匹が座っているだけだと誰かに席を取られてしまうかもしれないので、席を確保するために僕も一緒に同じベンチに座っていた。この場所なら、ミコが人語を話しても気づかれにくいだろう。

念のため、ミコが人間姿に具現化したいと言い出したときのために、猫耳を隠せるような大きな帽子などを持ってきてもいた。

池の向こうは車道になっていて、木々を透かして車が行き交っているのが見えた。空が青い。向かって正面右上には興福寺の五重塔の先が見え、左上には奈良ホテルの瓦葺《かわらぶ》きの屋根が見えた。

遠くに鹿の親子が、のんびりと草の上に座っている。

仔猫は傍から見れば辺りをうかがっているだけに見えるが、隣に座っている僕にはミコの緊張がびんびん伝わってくるようだった。あやかしが見える人なら、猫耳少女が思い詰めたように緊張してベンチに座っているのが見えるだろう。

「大丈夫か」

「みゃう……」

ミコの顔色が悪くなってきていた。早く荒池の君が来てくれないと、日射しの暑さと相まってミコが倒れてしまいそうだ。

腕時計で時間を確かめると、待ち合わせの時間はもうすぐだった。真奈歌姉さんが連れてきてくれるはずなのだが——

「あ、真奈歌姉さんだ」

「みゃうっ」

ミコが飛び上がった。

池の向こうから、真奈歌姉さんが男性を連れてこちらへ歩いてきていた。小さく僕に手を振っている。

隣の男性は、ズボンに白いシャツを着て、濃いサングラスをかけていた。白い杖をついている。サングラスをしているせいで少し印象は違うが、輪郭や微笑んでいる口元の感じから判断して間違いない。先日の集合写真で見た荒池の君——今村さんだった。

「じゃあ、がんばってね」

真奈歌姉さんと今村さんが近づいてきたところで、僕は静かに立ち上がって気づかれないように席を譲る。ミコが助けを求める目で見上げたが、スルーした。

安心しろ、会話はあまり聞こえないかもしれないけど、そばの席で待機してるから。

「今村さん、椅子です」

「ああ、ありがとうございます」

今村さんの声は想像よりも低かったが、温かみと張りのある声だった。

「今村さん、こちらがミコちゃん。お話しした通り、以前、今村さんに助けてもらったことがあって、お礼を言いたいとのことで」

真奈歌姉さんがミコを紹介する。

今村さんがミコの方を向いた。目の高さは、仔猫としてのミコではなく、猫又のミコの顔の高さ。この人、あやかしとしてのミコがやっぱり見えているんだ。

「いやあ、さっき額田さんにも言うてんけど、僕は目が見えへんから、助けられることはあっても、誰かを助けたりしたことなんてあったかなぁ。人違いやったりせえへんかな」

ミコが泣き出しそうなくらいに赤い顔で、ぶんぶんと首を横に振った。

「ひ、人違いなんかじゃありませんっ。うち、ミコといいます。ずっと、荒池のき――今村さんにもう一度会いたくて。お礼を言いたくて。でも、どこにいてるか分からんくって」

一生懸命にしゃべるミコを見ていたら、なぜか胸が詰まってきた。

僕と真奈歌姉さんは、ふたりが座るベンチから三メートルほど離れたベンチに座った。周囲の人からすれば、今村さんは猫としゃべっているように見える。それに変な目を向ける人がないか、覗う役目だった。

「僕は小さいころに目が見えなくなってんけど、それから不思議と心でものが見えるようになって、人の顔や雰囲気はだいたい分かんねん」

「わ、私のこと、見えますかっ」

「何となく。高校生くらいで髪は短い？」

やっぱりだ。今村さんは心の目であやかしが見えるが、はっきり猫耳があるようなところまでは見えていない。

ミコが助けを求めてこちらに首を伸ばしてきた。

大丈夫だ。順調じゃないか。がんばれ。

「今村さんは、いまはお仕事とかは――」

「マッサージ師をやってる。おかげさまで、少しずつ認められてきたところやね」

ふたりの会話はよく途切れ、そのたびにミコが真っ赤な顔でうつむく。途中からは今村さんの方も顔が赤らんでいたが、ミコにはそれも見えていないだろう。だんだん声も小さくなってきている。

僕の隣で真奈歌姉さんがやきもきしていた。

「何を話してるんでしょうね」

「お天気の話とか、奈良公園の鹿の話とか、当たり障りのないことを繰り返してるみたいね。さっさと告白しちゃえばいいのに」

「そうは言っても……人間との壁を感じて躊躇《ちゅうちょ》しているんですかね」

「告白しても、好きになった理由を聞かれたら、自分があやかしだってバレる可能性が高いしね」

真奈歌姉さんは些細な壁だと言っていたし、僕もそんなふうにミコを励ましたけど、現実を考えるとやっぱり難しい部分はある。

「僕が今村さんだとして、ミコから告白されたら、考えてしまうのかな」

真奈歌さんが、何か言いたそうな顔で僕を見た。

と、向こうでミコと今村さんの笑い声がした。進展があったのかと思って顔を向けたが、すぐに笑いがやんでまたふたりして固まってしまった。

中学生のようなぎこちなさだ。周りで幼稚園児くらいの子供が騒いでいるが、ふたりには、その声もまったく聞こえていない様子だ。

人間同士でも「好きだ」と告白するのは、とても勇気がいる。それを実行しようとしているミコは立派だと思うし、なかなか言えなくて当然なんだろう。

「うわっ」

僕らのそばで遊んでいた男の子が転んだ。その拍子に手にしていた車のおもちゃが転がって今村さんの足にぶつかり、池の柵《さく》の向こうへと転がっていく。

「あー、ばあばに買ってもらったおもちゃ――」

車のおもちゃは、ちょうど今村さんの正面辺りに滑っていった。

「あ、子供がおもちゃを落としてしもたみたいやな。僕の足にぶつかっちゃったか。悪いことしたなあ」

今村さんは立ち上がると、白い杖を横に置いて、おもちゃの転がった音だけを頼りにまっすぐ歩き出す。

「い、今村さんっ」

慌てるミコに手を振って、今村さんが迷いなく歩いて行く。目が見えているかのように足取りはしっかりしている。柵に足をぶつけたが、それを難なくまたいで中に入るとおもちゃの車に手を伸ばした。

「この辺かな？」

驚いた。目が見えない今村さんが、草むらにしゃがみ込んで手探りでおもちゃを探している。

「あ、あったあった」

今村さんの指が、池のすぐ手前でおもちゃの車に触れた。

だが、その瞬間、今村さんが身体のバランスを崩した。

◇

子供の落としたおもちゃを拾うために柵の中に入った今村を見て、ミコは正気を疑った。目が見えない今村が、何でそこまでしてあげなければいけないのか。落とした子供なり、その親なりが拾いに来ればいいではないか。

だが、柵を越えておもちゃの方へまっすぐ歩いて行く姿に、今日初めて会ったときの今村の言葉を思い出す。

『僕は目が見えへんから、助けられることはあっても、誰かを助けたりしたことなんてあったかなぁ』

今村は、いつも助けてもらう自分を自覚しているのだ。

だからこそ、そのお返しに誰かを助けたいと思っているのではないか。

自分にそのチャンスがあれば、必ず何かをしたいと思っている。

ミコの知っている限り、目が見える人間でもそんな心がけを持っている人は十人に一人、いや百人に一人いるかどうか。

ミコはその今村の姿を見て、思い出した。

自分がどうしてこの人に恋したか。

ただ自分を助けてくれたからではない。

自分の身を顧《かえり》みず、他人を救おうとする心の眩しさに自分は恋をしたのだ——。

ミコが今村への想いを噛みしめた瞬間だった。

彼の身体がバランスを崩した。

考えるよりも先に、ミコは飛び出していた。

荒池に飛び込む瞬間、小さな三毛の仔猫の姿を捨て、猫又としての姿を具現化する。

周りの人から化け物と思われてしまうかもしれない。

その結果、もう二度とあの人に会えなくなってしまうかもしれない。

だが、そんなことに関係なく、あの人を救いたい。

熱くこみ上げる想いを感じてミコは思った。

この心は、あの人と同じ心。

同じ心で繋がっている。

自分は彼を心の底から愛している。

今度は私があの人を助ける番だ、と。

◇

「危ないっ」

頭から池へ滑り落ちる今村さんを見て、僕は駆け出した。柵を跳び越えて、池にはまった今村さんのところへ向かう。目の端で猫又姿のミコが池に飛び込むのが見えた。

「うわっ」

今村さんが驚愕と恐怖の声を上げた。ミコが彼の腕を掴んで必死に引っ張り上げようとしている。

「今村さんっ。大丈夫ですよ」

掴まれと言おうにも、目が見えない今村さんには僕の手の位置が正確には分からないだろう。引き上げようとして腕を伸ばしても、失敗するかもしれない。水深は大したことはないだろうが、目が見えないことによる恐怖でパニックになったら大変だ。

僕は今村さんの少し横に飛び込み、彼を後ろから抱きかかえるようにした。汗と池の水で湿った背中に腕を回し、耳元で声を出す。

「大丈夫です。さ、そこからゆっくり上がりましょう」

池に腰まで浸かったまま、今村さんを支えて石垣の上の岸に押し上げる。ミコも一生懸命に今村さんに声をかけながら、彼の身体を押していた。

真奈歌姉さんが、今村さんの手を引く。やっとのことで今村さんが陸に上がり、真奈歌姉さんが柵の向こうまで誘導した。

「今村さん、もう大丈夫ですよ」

「ああ、額田さん。助かりました」

今村さんの手には、車のおもちゃがしっかり握られていた。

僕は先に池から上がると、安心して疲れ果てた顔になったミコを引っ張り上げた。

「おい、ミコ。よくがんばったな。大丈夫か」

「みゃう……」

池から上がったミコの頭と尻尾を素早く隠す。

僕自身もずぶ濡れで、大きなくしゃみが出た。

おもちゃを手渡された男の子が笑顔でお礼を言い、そのお母さんらしい人は今村さんとミコにしきりに頭を下げて謝っていた。

真奈歌姉さんの連絡を受けた吉野さんが、バスタオルを持って文字通り飛んで来てくれたので助かった。今村さんの身体をしっかり拭くと、真奈歌姉さんが再び送っていくことになった。

「ミコさん、今日はありがとう。おかげで命拾いしたわ。濡れてしもうたんで失礼するけど、今日のお礼はまた今度あらためてするから」

「は、はいっ」

去って行く今村さんの姿を、ミコは名残惜しそうにいつまでも見つめていた。

一方、僕の方は申し訳ないが、それどころではなかった。

「はっくしょんっ」

これで五回目くらいになるくしゃみをした。本気で風邪を引いたかもしれない。

「大丈夫か、彰良くん。店に帰ったら温かい葛《くず》湯を作ろう」

「ありがとうございます。――っくしょんっ」

お店に戻ると勝手口から中に入り、まずは一緒についてきた猫又姿のミコにシャワーを貸した。

シャワーから出きたミコにはあやかし部屋で待ってもらうことにして、僕も熱いシャワーを浴びる。今村さんも誘って、このお店でシャワーを浴びてもらえば良かったと思った。

シャワーを浴びても、くしゃみは止まらなかった。

心なしか喉も痛くなってきた気がする。

あやかし部屋では、猫舌のミコが茶碗の葛湯に何度も何度も息を吹きかけて、舌先で味わうように少しずつ飲んでいた。

「さっき、あの人助けるん手伝ってくれて、ありがとう」

「いや、むしろ、ごめん。こんなことになっちゃって」

僕も吉野さんが淹《い》れてくれた葛湯を飲もうとするが、熱すぎて茶碗すら持てなかった。

「――さっき、あの人を池から引っ張り上げてるとき、うち、告白した」

ミコが真っ赤な顔になっている。彼女の言っている意味が一瞬分からなかったが、すぐに理解して驚くことになった。言いたいことはいろいろあるが、まず――

「えっ⁉　何で、そんなタイミングで⁉」

ミコが赤い顔をしたまま、そっぽを向いた。

「しゃあないやん。言いたくなったんやから」

そう言って葛湯を飲もうとするが、熱くてすぐに舌を引っ込める。

「あの状況で言っても、聞こえてなかったかもしれないじゃん」

ミコはお冷やに舌を入れて冷やしていたが、僕がそう言うとコップを座卓に置いて、どこか切なげな微笑みを浮かべた。

「うん。それでええんや。ひょっとしたら、夢やくらいは思てくれるかもしれへんな」

「もう一回、ちゃんと気持ちを伝えたらどう？」

「あやかしの恋なんて、しょせんひとときの夢や」

自嘲するように目を伏せてミコが笑った。

それが彼女の出した結論なのだろうか。だけど――。

「だけど、そんなんじゃ、悲しいじゃないか」

僕自身にも、彼女の恋をどうすべきかなんて結論は下せない。分からない。でも、ミコのつらそうな顔を見ていたら、そう言わずにはいられなかった。

僕がまっすぐに彼女の顔を見ていたら、ミコはちらりと舌を出したあと、背筋を伸ばして万葉の歌をそらんじた。

うち日さす　宮道《みやぢ》を人は　満ち行けど　わが思《も》ふ君は　ただ一人のみ

それは、僕がミコに教えた万葉の恋の歌だった。

「なあ、彰良。今村さん、『また今度』って言ってくれたやんな」

ミコが気恥ずかしげに尋ねた。僕は力強く頷いた。

「そうだよ。また会いたいって意味だよ」

僕の言葉をしばらく吟味して、ミコは小さく頷いた。

「うん。じゃあ、そんときまで、この歌、うちの宝物や。ありがとうな、彰良」

にっこり微笑んだミコの目尻から、涙が一筋こぼれた。

奈良の空は変わらず透き通るように青く、黙って僕らを包み込んでいた。

第四章　龍神の娘と燈花《とうか》ゆらめく奈良公園

1

もうすぐ、奈良に転校してきて最初の一学期が終わる。

夏休みになるのはいいが、その前に期末試験でひどい点数を取ってしまった。

言い訳をすると、勉強してなかったからではなく風邪を引いたからだ。今村さんを助けようと荒池に飛び込んだ結果、風邪を引いてしまい、試験までに治らなかったのだ。

三十八度の熱で受けた英語の試験は、特につらかった。

おかげで夏休みに入ったはいいものの、補講を受ける羽目になってしまった。

「草壁くん、熱で大変やったからね。私から先生に、草壁くんは転校してきたばっかりやし、風邪やったし、補講を免除するよう言ってあげようか」

クラス委員長の春日が、補講案内のプリントを手渡すときに、そんなありがたい申し出をしてくれた。

「それはありがたいけど……試験で点数が悪かったのは事実だし……」

試験は別にしても、僕は授業中の居眠りの常習犯だった。補講くらいは真面目に受けておかないと、さすがにまずいだろう。

僕が補講を受けるつもりだと告げると、春日がちょっと小首をかしげるようにしながら覗き込んできた。

「ふーん。草壁くん、真面目なんやね」

「ほんとうに真面目なら、補講は受ける必要はないだろうけどね」

「まあねぇ。ちなみに、私も補講に出るんやけど」

「何で？ それこそ春日はクラスの中でも成績トップだろ」

春日は成績優秀だ。おそらくは、学年順位でも三本の指に入るはず。

「うちの学校の補講って、意外としっかりしてて、受験対策にもなるんねん。学校の方針が、受験勉強で塾に行く必要のない学校を目指しとるから。せやから、私、去年も補講に出てるんよ」

「へぇー」

先入観から「補講」という言葉にマイナスイメージしか持っていなかった。春日も出るような補講なら、それこそ夏期講習のお金や時間の節約にもなって良さそうだ。

「あ、夕子ちゃんも、これ」

春日が、近くを通りかかったバスケ部の竹田に補講の案内を渡す。竹田が、案内をもらって悲鳴を上げた。

「いやや、サイテーっ」

「夕子ちゃん、部活もええけど、ちゃんと出るんやで」

竹田は照れ笑いと大声でごまかしながら補講案内をこそこそと見ていたが、僕が机の上に堂々と補講案内のプリントを広げているのを見て、飛びついてきた。

「えーっ、草壁も補講⁉　ダサっ」

「いや、竹田も一緒じゃないか」

「だって草壁って、ぱっと見は真面目そうやのに居眠りするし補講やし。がっかりやで」

「それはどうも」

ものの見事に、僕自身が気にしていることを指摘してくる。心にスリーポイントシュートを決められたような気分だ。やり取りを見ていた春日にくすくす笑われて、ものすごく恥ずかしくなってきた。

「ほんと草壁、しっかりしいや。せっかく他のクラスの女子から注目されてんのに」

「は？」

「ちょっと、夕子ちゃん、それどういうことなん？」

すっとんきょうな声を上げた僕に代わって、春日が竹田に尋ねた。

「隣のクラスの女子やねんけどさ、部活のときに声かけられて、草壁のことをいろいろと聞かれてん。――めぐみちゃん、顔近いっ」

春日が首をこちらに向ける。なぜか、薄目で睨《にら》むような目線だ。

「へー、そー、ふーん。学生の本分の勉強そっちのけで、楽しそうやなー。草壁くん、私もちょっと見損なったなー」

「いや、僕は何も――。そもそも、その子がどんな人か知らないし」

竹田が僕の腕を軽く叩いた。

「どんな人って、あんな人」

「え？」

「ほら、教室の後ろのとこから覗いてる、あの子」

教室の後ろの扉を振り返る。

竹田のようにショートカットでボーイッシュな雰囲気の女の子が、うちのクラスをきょろきょろ覗いていた。

「あの子、たしか陸上部の竜川《たつかわ》さんだっけ」

「さすが、めぐみちゃん。よく知っとる。陸上の走り高跳びの子やで。部活のときに声かけられてさ」

竜川さんは、竹田と同じボーイッシュな女子でも雰囲気は対照的だった。竹田が明るい雰囲気なのに対して、竜川さんはクールな印象だ。眉も目も鋭くて、宝塚の男役が似合いそうだ。背も高いから、同性から人気がありそうな女子だった。

そんなことを考えながら本人を見ていたら、目が合った。

……なぜか、彼女の目の光り方がすごく不思議なものに感じられる。目の錯覚だろうか。その自分の感覚を確認する時間もなく、竜川さんは慌てて首を引っ込めると逃げるようにして他の生徒たちの中に消えていった。


下校して茶房に戻ると、阿砂子がお店を手伝っていた。本格的な夏の観光シーズンが到来して、ここのところ連日、お店は大忙しだ。

「彰良、ズルいっ。夏休みの忙しい時期に、学校行ってサボるつもりやっ」

補講に出る話を真奈歌姉さんにしたところ、阿砂子に文句を言われてしまった。

そうは言われても、こちらとしてはそのような意図は毛頭ないのだが……。

「学生は勉強が仕事みたいなもんだから、それはいいとして……あ、さすがにこの辺の高校ね。なら燈花会《とうかえ》の時期は、スケジュールから外してくれている。お店としても助かるわ。彰良くんは、このお祭り知ってる？」

真奈歌姉さんがチラシを手渡した。

チラシを見ると、「なら燈花会」は一九九九年から始まったお祭りで、八月上旬の十日間、奈良公園一帯に約二万本のろうそくを灯す幻想的なイベントのようだった。

燈花という言葉は、灯心《とうしん》の先にできる花の形をしたろうの塊のことらしい。これを仏教では縁起が良いということで「燈花会」と命名したと書かれていた。

「興福寺、奈良国立博物館、東大寺の鏡池《かがみいけ》、猿沢池……広い範囲で行うんですね」

「浮雲園地《うきぐもえんち》会場が、いちばんすごいわよ。夜になると、星の海に立っているみたいになるの。あとは、そのそばの春日野園地《かすがのえんち》も東大寺が近いから人出は多いし、浮見堂会場も人気ね」

「いいですね」

「何しろ、十日間で九十万人が来るイベントだもの」

「九十万人⁉」

想像していたものより、桁外れに大きなイベントだった。それだけ人が多いとなると、残念ながらゆっくりイベントを観賞するのは難しそうだ。

厨房から吉野さんが声をかけてきた。

「そろそろ祭りに出す出店のメニューも決めないといけませんね」

「ホットドッグと特製かき氷、特製サンドイッチはいつも通りとして、あとひとつくらい何かやるか……」

そう言って真奈歌姉さんが、手近にあったメモ用紙にメニューを書いていく。

「うちのお店も、出店するんですか」

それだけ来場者がいるのだ。たしかに、飲食店としては儲け時だ。

だが、真奈歌姉さんの答えは予想外のものだった。

「出店がほとんど出ないお祭りなのよ。出せる場所は、浮雲園地会場にある国際フォーラムの中だけだから。だけど、うちのお店じゃないと飲み食いできないお客さんもたくさん来るから」

「――あやかしたちも、祭りに来るんですか」

「人間の姿になってお祭りを楽しみに来るあやかしが、たくさんいるのよ。それに、人間の姿になれない連中も、周りの人の目には見えないけどいっぱい来るし」

どうやら九十万人の人出の中には、目に見える状態になったあやかしも含まれているようだった。

「うち、去年、ばっちゃと一緒に行ったで。今年もばっちゃと一緒にお祭り行きたい」

給仕から戻ってきた阿砂子が、挙手をして意見を述べた。

「そうね。砂かけ婆のおばあちゃんには、連絡しとくわね」

「やったぁ。去年は『あやかし万葉茶房』を知らへんかったから見るだけやったけど、今年は出店の食べ物も食べられるんやね。メニュー、これ？」

阿砂子がぴょこぴょこと跳ねていた。

ほんとうにコイツは、おいしいものには目がないな。

表の引き戸、つまり人間サイドのドアベルが鳴った。

出店の品目を真剣に吟味し始めた阿砂子に代わって、真奈歌姉さんが対応する。

「いらっしゃいませー」

席の案内を終えた真奈歌姉さんは戻ってくるなり、僕に含みのある笑顔を向けた。

「何かありましたか」

「彰良くん、ガールフレンドがお見えよ」

「えっ」

予期せぬ「ガールフレンド」という言葉に阿砂子が色めきだち、厨房からは吉野さんがおたまを落とす音がした。

僕の頭には、なぜか春日の顔が思い浮かんだが、真奈歌姉さんがにんまり笑って、想定外の言葉を口にする。

「しかも、ふたり」

事態がさっぱり分からないが、とりあえず僕をご指名だということなので、大急ぎで着替えて手を洗い、ギャルソンエプロンを締めると「ガールフレンド」がいるという席へ向かった。

ひとりは、予想通り春日だった。ふわっとしたかわいらしいスカートを穿いて、こちらを向いて座っている。もうひとりはショートヘアの女子。やはり私服姿でこちらに背を向けて座っていた。

「あ、草壁くん」

そう言って、僕を見つけた春日が手を振った。

「いらっしゃいませ」

「いらっしゃいました。『ガールフレンド』の春日めぐみさんやよ」

春日がそう冗談を言いながら、楽しそうに笑った。

真奈歌姉さんが、面と向かって本人に「ガールフレンド」って言ったようだ。

「店長の不適切な発言がありましたようで……」

「あはは。『ガールフレンド』って、直訳すれば『女の子の友達』なんやから、別に不適切やない思うんやけど。それとも不適切な表現になるようなことがあったんかなあ」

優等生が、その頭の良さを人をいじることに向けると始末が悪かった。

「……ご注文は、お決まりでしょうか」

「注文のまえに、もうひとりの『ガールフレンド』を紹介せんとね」

そうだった。春日と僕の間には、もうひとり、大きめなTシャツにダメージジーンズを穿いたショートカットの女子が座っていた。

遠くから見たときは、竹田かと思ったが違った。今日、学校にいるとき、教室の後ろからうちのクラスを覗いてた女子だ。ただ、名前がすぐに出てこない。

「あ、すみません。あらためまして、いらっしゃいませ」

僕が謝ると、その女の子が初めて顔を向けた。

「こ、こんにちは。初めまして」

かっこいい外見にぴったりの、アルトのきれいな声だった。

「えーっと、たしかきみは――」

名前を思い出そうとしたところで、春日が紹介してくれた。

「こちら、隣のクラスの竜川美幸《みゆき》さん。陸上部の走り高跳びのエース」

「エースちゃうわ」

少し迷惑そうな顔で竜川さんが突っ込む。

「初めまして。草壁彰良です」

そこで、また店のドアベルが鳴った。お客さんだが、僕はもう少しふたりの相手をしないといけない。店の奥に声をかけると、阿砂子が応える声がした。

そうやってせっかく時間を取ったのだが、なぜか竜川さんは露骨に不機嫌そうな顔をしていた。

「今日、あのあと竜川さんを探して話を聞いてみたら、草壁くんに聞きたいことがある言うたから連れて来てんよ」

春日がそう事情を説明した、竜川さんの様子は聞きたいことがあるというより、「話があるから体育館裏に来い」とでも言い出しそうなおっかない顔をしていた。春日は、よくこんな竜川さんを連れて来られたな。

「お会計、お願いしまーす」

「はーい」

ふたり連れの女性客がレジに向かったので、真奈歌姉さんが対応した。

来店客の席案内を終えた阿砂子が、わざわざ僕のそばを通った。春日と竜川さんを、ちらりと——いや、ガン見する。春日が阿砂子に手を振ったが、竜川さんの方はますます表情が固くなる。

吉野さんが特製かき氷をお客さんのところへ運ぶと、わざわざ店内を一周して厨房に戻った。何となく、僕たちの様子を観察しているようだ。

みんな、真奈歌姉さんが言った「ガールフレンド」に興味持ちすぎなのではないのか。

「えっと、とりあえず、ご注文は——」

場を繋ぎたくて、ふたりにそう告げる。

「そうやね。先に注文した方がいいよね。私はかき氷がいいかな。竜川さん、どうする？」

だが、尋ねられた竜川さんは、メニューも見ないでわなわなと震えていた。何だか怒っているように見える。「う、う、う」とか唸っているし。春日が、さすがに困ったような表情を浮かべたときだった。

「おまえ、何でこんなことになってるんやっ」

竜川さんが、顔を上げて僕に厳しい声を上げた。

最初、その剣幕は「ガールフレンド」呼ばわりされたことで不機嫌になったのだと思っていたが、違うようだ。

声がかすかに震えている。何かに苛立っているようにも、恐れているようにも見えた。

「『こんなこと』って、何が？」

僕が恐る恐る尋ねると、竜川さんは目を大きく見開き、真っ赤な顔になった。

「あれや、あれっ」

そう言って竜川さんが奥の方を指した。指の先には、真奈歌さんたちのいる厨房があるだけで、特に変わった様子もない。

どうやら春日も、竜川さんの言っている意味は分からないようだ。意味が通じなかったからか、竜川さんが嫌悪感を露わにした表情を、あらためて僕に向けた。

「うちの彰良は、まだ奈良に不慣れなところがあるかもしれないけど、あんまりいじめないであげてね」

険悪な雰囲気を心配してか、真奈歌姉さんがやって来て冗談を口にした。

別に、僕はいじめられているわけではないが……。

真奈歌姉さんに声をかけられた竜川さんが「ひっ」と悲鳴を上げて椅子を引いた。注意されたからというには、あまりに極端な反応だ。

「真奈歌姉さんのこと、そんなに怖がらなくていいと思うよ？」

「お、おまえ、ほんまにほんまなんかっ」

「えっと、竜川さんは、何をそんなにびっくりしているの？」

竜川さんは僕と真奈歌姉さんを交互に見比べると、口をぱくぱくさせながら席を立った。春日が慌てて声をかける。

「竜川さん？」

「ご、ごめん。春日さん、あたし、ちょっと今日は、もう時間やから帰るわ。また、学校で」

せっかくお店に来たのに、竜川さんは注文もしないでそそくさと出てしまった。

「……結局、竜川さんは何をしたかったんだろう」

僕がひとり言をつぶやくと、真奈歌姉さんが肩をすくめる。

春日もどうしたものか困り果てた様子だったが、やがて落ち着いたのか「えっと、私、特製かき氷で」と注文を口にした。

2

それからしばらく、竜川さんと接する機会はなかった。

夏休みに入ってから、僕は補講があったので毎日のように学校に通っていた。一方、竜川さんも陸上部の練習でよく学校に来ていた。

補講を受けている教室から、ときどき陸上部の練習風景も見ることができる。滝川さんは、走り高跳びの練習をしていた。淡々と練習に励む彼女の姿は、どこか高尚な雰囲気すらあった。

補講の内容は、なるほど春日が言っていた通り、基礎的なことの総復習だけではなく、応用知識や受験対策も踏まえてくれていた。そのため、一緒に受けていた竹田は、補講終わりのプリント課題が難しくてよく頭を抱えることになった。課題そっちのけで隙を見てバスケ部の練習に逃げようとしては、春日に捕まっていた。

そんな調子で、竜川さんが店に来てから三週間ほどたった。

竜川さんとのことをすっかり忘れかけていた八月のある日、補講が終わって学校から帰ろうとすると、下駄箱の前に竜川さんが立っていた。陸上部の練習は終わったのか、制服姿だ。

先に声をかけたのは、竜川さんの方だった。

「よう」

想像以上に男っぽい挨拶に、内心少し驚きつつ応答する。

「ああ、竜川さん。このまえはごめんね」

竜川さんが何に機嫌を損ねて帰ってしまったのかは分からなかったが、一応、謝っておく。

「いや、うん。まあ、ちょっとびっくりしたわ」

「そうだよね――って、えっ⁉」

竜川さんが、いきなり腕を僕の首に回してがっしりと引き寄せるようにした。

ショートカットの髪が僕の頬に触れる。引き締まった身体と女子らしい柔らかさ。甘酸っぱい女の子の香りがした。

「大丈夫や。周りには誰もおらへん」

竜川さんの声が囁《ささや》く。何が何だか分からない。女子とこんなに近く接したことがない僕は、心臓が暴れるばかりだった。

「た、竜川さん、いったい……」

質問に答えるまえに、竜川さんがさらにきつく僕を抱き寄せた。

彼女のほぼ全身が僕に密着している。他の男子が見ればうらやましい光景に見えるだろうが、腕で首を強く絞められているので苦しいだけだった。首を緩めて欲しくて声を出そうとしたところで、竜川さんが口を開く。彼女の言葉は衝撃的なものだった。

「おまえも、ほんまにあやかしが見える奴なんか」

なぜ、竜川さんが知っているのか。とりあえず、面倒ごとにならないよう、このまま竜川さんに締められて気絶した振りをしようかと一瞬考える。だが、竜川さんの言い方が少しひっかかる。

「おまえも」と彼女は言った。もしかして、竜川さんもあやかしが見える人なのかもしれない。

だが、こう言っては失礼かもしれないが、パッと見、明らかに体育会系な竜川さんには、あやかしと縁がありそうな雰囲気がまったくしない。

「あ、いや、何て言うか――」

僕が返事に窮していると、竜川さんは僕の首に腕を回したまま歩き始めた。

「ちょっと来《き》ぃ」

「あの、どこへ――」

「ええから」

首を捕まれて連行される僕は、周りから見れば、体育館裏に呼び出されるいじめられっ子に見えただろう。連れて行かれたのは、体育館ではなく校舎裏だったが。

日陰で人気のない校舎裏まで来ると、竜川さんがやっと僕を解放した。

彼女がきょろきょろと周りに誰もいないことを確かめる。左右のみならず、上の方まで目線を向けていた。

「あの、竜川さん――？」

「ちょっと見てろ」

そう言うと、竜川さんが数歩後ろに下がって軽く腰を落とした。そして、次の瞬間、彼女の姿が消えた。文字通り目の前から消えてなくなったのだ。

「竜川さん⁉」

思わず声が裏返った。辺りを見回すが、いない。

目の前で人が消える。こんなことができるのは、あやかしや神様の類だ。まさか、竜川さん自身があやかしなのか――。

「おーい、こっちこっち」

竜川さんの声が聞こえる。僕は目を大きく開いて力を入れて、どんな小さなあやかしも逃すまいと辺りを見まわす。

「どこ？」

「こっちこっち。上や、上」

慌てて頭上を向いた。すると、竜川さんは三階建ての校舎の屋上のフェンスの上に笑いながら立っていた。風が吹いてスカートがはためいている。距離があるとはいえ、僕は目のやり場に困った。

「どうやって、一瞬でそんなところに⁉」

竜川さんが笑顔でふわりとフェンスから身を投げた。

えっ……屋上から飛び降り？

混乱しつつも、助けなきゃっと思ったところで竜川さんが目の前の地面に降り立った。

「よっと。どうや？　びっくりしたか」

走り高跳びどころか、ちょっとゴム跳びでもしました程度の軽やかさだ。

「竜川さん、きみは……」

「あたしの母親は人間だけど、父親が龍神。つまり、あたしは半分人間やないもの」

竜川さんの言葉に、とっさに声が出なかった。

目の前にいる女の子は、半分あやかしだと言うのか。

「信じられない……」

「口で言っても信じてもらえんやろうから、さっき見せたやろ？　この身のこなしやで。龍神の力のたまものらしいわ。もちろん、あやかしも見える。なあ、あたしの秘密を教えてやったんやから、おまえも教えろや。あやかし、見えんねんな」

竜川さんがずいぶん真剣な顔で聞いてきた。ここまで自分自身のことを晒して聞いてきているのだ。僕も正直に答えることにした。

「うん。見えるよ。でも、それだけ。竜川さんみたいに、すごい力とかはないし」

「ほんまか? それにしては、おまえの妖力は、とんでもないで。転校してきたときから、すごい奴が入ってきた気配がしてて、だから、一度話してみたいと思ってたんや」

「そうなの? 自分ではよく分からない」

竜川さんの言う通り、たしかに僕にも力があるのかもしれない。あやかしたちに万葉の歌を披露したときに現れる光の玉のことを思い出す。

「それにしても、おまえの家の店にはビビったわ」

「大天狗や砂かけ婆の孫が、普通に働いてるからね」

竜川さんが顔を思い切り近づけてきて、真顔で尋ねた。

「おまえ、あそこであやかしたちに捕まってて、逃げたくても逃げられないとかってことないんやな」

一瞬、何を言われているのか分からなかった。ただ、竜川さんが本気で僕のことを心配してくれているのは分かった。

「そんなことないよ。みんないい人だよ」

言ってしまって不思議な気持ちになる。あやかし相手に「いい人」とは。

竜川さんはしばらく疑わしげな目で探るように見ていたが、やがて大きく息をついた。

「嘘やないみたいやな。それなら、ええわ。この前は、ほんまにびっくりしたから」

「わざわざ心配してくれてありがとう」

これで話は終わりかと思って立ち去ろうとすると、竜川さんがニヤリと笑って腕を掴んだ。

「せっかくやからさ、あやかしの見える者同士、もう少し話しようや」

「えーっと、僕、お店の手伝いもしてて、もうすぐ大きなお祭りもあるし」

「なら燈花会に、あのお店も出んのか。まあ、あの祭りは特別やもんな。じゃあ、行こうや、彰良。バーガーショップでええよな」

竜川さんが僕の手首を掴んで、有無を言わさず歩き出す。

掴んでいる手を振りほどこうにも、びくともしない。どうやら龍神の力は、ジャンプ力だけではないようだった。

近鉄奈良駅そばの東向商店街の中にあるバーガーショップに、僕は竜川さんに半ば連行されるような形でやって来た。この商店街は観光客が多いが、バーガーショップは全国チェーンのお店だから、比較的ゆっくりできそうだ。

東京ではよく通ったハンバーガーショップだったが、奈良に来てからは初めて入った。店舗の雰囲気が、妙に懐かしい。夏休みのせいもあってか、同年代の客が多かった。竜川さんが、こなれた感じで注文する。

「ビッグダブルバーガーセット、ポテトとドリンクをLサイズにチェンジして。ドリンクはコーラ。あと、ダブルチーズバーガーを単品で追加してください」

「がっつりいくんだね」

「おまえみたいに補講受けてる連中と違って、運動量がすごいんや」

注文した品を受け取り、客席のある二階に上がる。半分くらいの席が埋まっていた。見渡す限り、知り合いの顔はなかった。いちばん奥の目立たない席を選んで座った。

「いただきます」

両手を合わせると、竜川さんが猛然と食べ始めた。実にワイルドというか、かっこいいというか、がさつというか、肉食感丸出しの食べ方だ。

「いただきます」

僕もコーラで喉を潤し、ポテトにケチャップをつけて食べる。

「あ、おまえ、ケチャップもらってきてたのか。あたしも使っていい？」

「うん、いいけど」

竜川さんが左手にダブルチーズバーガーを持ったまま右手でポテトを掴み、ケチャップをつけようと腕を伸ばす。

「サンキュ。ケチャップつけると、また別の味になってうまいよな」

竜川さんのダブルチーズバーガーは、あっという間になくなった。

「ねえ、竜川さん、話って——?」

「あん? ああ、そうやった。まあ、そんなにかしこまった話でもないんやけどさ。おまえ、あやかしが見えることで引っ越してきて苦労してへんかなって」

指先についたポテトの塩を舐めながら竜川さんが言った。ちろりとピンクの舌が見えた。ワイルドだけど、僕のことを心配してくれるなんていい人なんだな。

「特に、苦労らしい苦労はないかな。真奈歌姉さんは親切だし、吉野さんのご飯もおいしいし、阿砂子は、まあ、子供だし」

「まあ、あれだけ力の強いあやかしに守られていれば大丈夫か。東京ではどうやった? いじめられたりしたんちゃうか」

断定に近い口調だった。目つきがちょっと鋭く暗くなっている。コーラのストローをくわえた顔は、どこか冷めた雰囲気だった。

「東京では、そうだね。いじめというか、分かってはもらえなかったよね」

「せやんな」

竜川さんが足を組み、自嘲するような顔で頷いた。

「学校の友達の顔にあやかしが重なってて、それに驚いたり怖がったりしたら、友達に対してそういう態度を取ったと誤解されて、ぎくしゃくしたりとかね」

「友達なんていたんか」

竜川さんが驚いている。

決して冷やかしや冗談でそう言っているわけではない。あやかしが見えるという特別な力を持った僕に、友達ができるものなのか本気で驚いているのだ。

「最終的にはいなくなった」

僕が苦笑いして答えると、竜川さんもばつが悪そうに小さく笑った。

「ごめん」

「いや、ほんとうのことだからしょうがない。竜川さんの方は、友達が多そうに見えるけど」

「幼稚園までは最悪やったな。この通りの性格やから、何か言われたら口より先に手が出る。しかも、小さい子供とはいえ龍神の力が宿ってる」

「……相手の子は無事？」

「母さんと一緒に、よく謝りに行ってたわ」

ひょうきんな物言いをするので、思わず笑ってしまった。

「苦労したんだね」

「小学校からは相当気ぃつけるようになった。中学ではめちゃくちゃ気ぃつけた。おかげで、ごく普通の学生生活を送れてるけど、見えるものは見えるんよなあ」

竜川さんがビッグダブルバーガーを両手で持って食べ始める。口の周りにソースをつけたりしないのは、さすがに女の子だなと思った。

「奈良は古都なだけあって、東京よりあやかしが多いもんね」

そう言って窓の外を見る。竜川さんも同じように窓の方に目線を向けた。

大きな鳥のあやかしが、ゆっくりと商店街を飛んでいた。

「あんな奴は東京にはおらへんのか」

「東京では、商店街をあんなふうに堂々と飛ぶあやかしは見たことがないね」

竜川さんがハンバーガーにかじりつく。よく噛んで飲み込むと、口をへの字にするようにして竜川さんが嘆いた。

「いくら気ぃつけてても、ああやって目の前に急に来られると、びっくりしてしまうんよなあ」

「よく分かる」

竜川さんが嫌そうな顔で、過去のあれやこれやを話し始めた。やはり、学校にいるとき、突然、あやかしが出現するのがいちばん困るようだ。まったく同感である。

「信じられるか？　いきなりトイレの個室にいたりするんやで。女の子のあやかしやったけど、男のあやかしだったら殴り倒してたわ。ああ、でも中学のころ、プールの更衣室に、じいさんのあやかしが入ってきたときには、問答無用で飛び蹴りで追い出したっけ。言っとくけど、着替えるまえやからな。変な想像するなよ？」

「してないよ」

照れ隠しなのか、竜川さんがハンバーガーの残りを一気に食べた。ごくりと喉が動いて飲み込むと、竜川さんは声を低くした。

「あいつらは、いつも自分勝手にうろちょろしやがる。人の苦労も知らないで、力比べをしたがる馬鹿もおる。こっちは人間として普通に生きたいだけやのに。——だから、大っ嫌いなんや」

「竜川さん？」

「あたしが陸上をやってるんは、身体能力がバレてスカウトされたから。あたしが練習を熱心にしてるのは、この力の調整のため。本気を出したら大騒ぎになるだろうから、力をセーブして、それでも本気に見えるようにするにはどうしたらいいか練習してんねん。こんな馬鹿みたいな苦労させる人間の世の中も——、あたしは嫌いや」

竜川さんが、手にしたコーラの容器をじっと見つめていた。自然と手に力が入ったのか、容器が少しへこんだ。

「…………」

僕がどう言っていいか分からないでいると、竜川さんが剣呑《けんのん》な雰囲気で顔を上げた。

「父親が龍神？　そんな特殊な出自、頼んでへんっつーの」

「でも、お母さんは人間で、一緒に暮らしているんだろ」

「ああ。形の上はシングルマザーや。周囲の目は厳しいで。あたしの力を見せつけて、鼻を明かしてやりたいって何度思ったことか。けど、自分もこの身体能力がなかったら、母さんをただのシングルマザーだと思ってたやろうけどな。というか、おまえの方はどうなんや。両親のどっちかがあやかしやったりするんか」

ドリンク容器の中の氷をストローでかき混ぜながら答える。

「分からない……というより、僕は——自分の母親が誰だか知らないんだ」

あやかしと人間世界を暗く弾劾していた竜川さんが、一瞬、憑《つ》きものが取れたような顔になった。

「あ、何か、あたし、またやってもうたな。ごめん」

「いや、別に。奈良に来たのは、一緒に暮らしていた父さんが死んじゃって、僕の体質を分かってくれそうな親戚もいなくって。どうしようかと思ってたところで、真奈歌姉さんから奈良に来ないかって手紙があったんだ」

何となく大きなため息が出た。竜川さんが首を少し傾けて僕を見ている。

「真奈歌姉さんって、昨日会った女の人やんな」

「うん。僕に何となく秘密にしている感じだけど……真奈歌さんは、あやかしなのかもしれない」

あれだけあやかしと接していながら、まったく動じない態度。見えても聞こえても、きちんとあしらうことができる霊力。ちょっと大ざっぱなところは別にして、どこか人間という枠を超えているような雰囲気がある。

竜川さんは黙っている。それは、無言で肯定しているように見えた。

しばらくして、彼女の方が口を開いた。

「何で、そう思うねん？　何か見えたんか？」

「僕の場合、父さんは普通の人間だったんだ。僕のあやかしが見えたりする力は、生まれつきの体質だと思ってたけど、竜川さんの話を聞いていたら、親の遺伝かもしれないって思ったんだよ」

「つまり、あたしとは逆で、母親があやかしかもしれへん――ってこと？」

うん、そう思うよ、と気軽に頷く気持ちにはまだなれない。

「そうかもしれないし……あるいは、母さんは人間だけど、何かしら霊力なり神通力なりを持っていた人なのかもしれない。こっちに来てから、いろいろバタバタしていてあんまり深く考えなかったけど」

ウカ様と交渉して「あやかし万葉茶房」を作ったのは、母さんだというのだ。ただの人間でないことは間違いない。

「お互い厄介な家に生まれてもうたな。でも、母親がいるだけあたしの方がマシか。あっ、彰良、気に触ったらごめんな」

竜川さんが頭の後ろで両手を組んだ。背中を反らして伸ばす。

「大丈夫だよ。父さんが生きてたころ、よく母さんの話をしてくれたんだ。温かくって、でもちょっとおっちょこちょいで、とってもいい人なんだって。でも、仕事の関係で離れて暮らしてるって聞いてた」

「他に、お母さんについて覚えてることとかあんのか」

「うーん、父さんに聞いた話ばかりだけど……まだ父さんと母さんが付き合っていたころ、ふとしたことでケンカしちゃったらしいんだ。母さんが悪かったらしいんだけど」

「まあ、ありがちなことやろな」

「でも、母さんは父さんを怒らせてしまったことがショックで、三日間泣き続けたんだって。仲直りをしたいけど、言葉だけじゃダメだと思った母さんは、九州出身の父さんが大好きな大分で取れる関《せき》サバをプレゼントしようと思って、東京と大分の間を日帰りで往復したらしい」

「……なかなかやるやん」

竜川さんが乾いた笑いを漏らした。

「結婚してもなかなか赤ちゃんができなかったんだけど、やっと僕がお腹にできたときに、母さん、大喜びで飛び跳ねて、あやうく流産しかけた」

「それは——、どうなんかな？」

竜川さんの乾いた笑いは続く。

「僕が生まれてからは、僕のことをとても大事にしてくれたらしい。頬ずりやキスをたくさんくれたって。熱を出した僕を、泣きながら一晩中看病していてくれたって」

「——いいお母さんやったんやな」

久しぶりに母さんの話をしたら、何だか止まらなくなった。

「いつも手料理を作ってたんだけど、あんまりおいしかったたって記憶はないなぁ。油が多すぎて周りがフライになっちゃった卵焼きとか、とにかく大きいおにぎりとか。けど、たまに父さんが気を遣って何か食事を買ってこようものなら本気で怒ったらしい。外食はときどきしたけどね」

「おまえのお母さん、ちょっとおもろいな」

竜川さんの言い方がおかしくて、少し笑ってしまう。コーラを飲もうとしたが、もうなくなっていた。

「僕は母さんのことをほとんど何も覚えていない。手料理だって、僕はあんまりおいしいものを食べさせてもらった記憶がない。僕のことをすごく愛してくれたって父さんはいつも言っていたのに、僕の方は母さんのことをあんまり覚えていないなんて、恩知らずだよね。——だから、会えないのかも」

「そんなことあらへんって」

思いの外、強く、竜川さんが否定した。

「竜川さん――?」

「子供が好きなら、会いたいんやったら、会いに来いって言うんや。会いに来ることひとつできひんで、親ですなんて言うんちゃうわ」

心の中の黒い塊を吐き出すような言い方だった。竜川さんが、食べ終わったハンバーガーの紙箱を握り潰す。

僕が何か言おうとすると、突然、聞き覚えのある声が響いた。

「はーい、そこまでよ。うちのかわいい彰良は純粋なんだから、毒を吹き込まないでね」

いつの間にか、ジーンズ姿の真奈歌姉さんが僕らの席の横に立っていた。

「真奈歌姉さんっ」

「燈花会の仕込みが待っているわ。彰良くん、そろそろ帰って来て頂戴」

真奈歌姉さんに半ば引っ張られるようにして、僕は帰路につくことになった。

残った竜川さんは不機嫌そうな顔で黙っていたが、僕には彼女が泣いているようにも見えた。

万葉茶房のスタッフは通常営業をしながら、翌日から始まるお祭りの出店準備をしていた。出すものはホットドッグ、特製かき氷、サンドイッチに、缶ジュースやラムネなどの飲み物類。そして、なぜか綿菓子。綿菓子は阿砂子のリクエストだった。

祭りは十日間ある。今日一日でぜんぶの仕込みをすることはできない。明日以降は、出店をやりながら仕込みをすることになるので、あまり手のかかるものはメニューにしなかったのだ。

出店のテントを張り、実行委員のチェックを受ける作業は、休憩時間中に吉野さんがやってくれていた。僕たちは使い捨ての食器を数えたり、調理用品を揃えて運べるものを運んだりした。

店で真奈歌姉さんとふたりになったときを見計らって、さっき竜川さんの力と彼女から聞いた話について尋ねてみた。

「お父さんが龍神って、ありえるんですか」

「ちょっと待ってね。――二、四、六、八、十。オーケー。ごめんね。さっきの子ね」

割り箸を数えていた真奈歌姉さんが手を休めて微笑んだ。

「あの、竜川さんのお父さんが」

「とても格の高い龍神よ。日本でも三本の指に入るくらいの方。だからでしょうね。あの子、とんでもない霊力ね。お店に入って来たときに何事かと思ったわよ。吉野さんも気になったみたいで、厨房から出て様子を見に行ってたわね。まあ、龍神の娘なんだってすぐ分かったけど」

真奈歌姉さんがあっさり認めた。力を見たし、彼女が嘘をついているとは思っていなかったが、この事実は僕にとって大きな意味を持つ。羽衣伝説の話ではなく、現代でも人間とあやかしや神様の間で子供ができるのだ。それは、竜川さんのように神様やあやかしが見える僕の親もまた、神様やあやかしである可能性が高いことを意味する。

「そんなことが――」

「それだけの格の龍神が人間に子を授けたということで、当時はちょっとした騒ぎになったのよ。神代の時代なら、神と人間の恋だって珍しくなかったんだけどね」

それを聞いて、ふと猫又のミコのことを思い出した。

「切ない話ですね」

数え終えた容器をまとめた真奈歌姉さんが、僕に冷たい水をくれた。真奈歌姉さんもひと口飲む。

「何しろ龍神様のやることだから、神様とか格のあるあやかしとかが騒いでね。それを収拾するのに、ウカ様も一役買ってくれたわ。あと、彰良くんのお母さんもね」

「母さんが……」

さっきハンバーガーショップで、母さんについていろいろ話したばかりだ。気持ちが揺らぐ。

「さ、あともう少しやっちゃいましょう。十日分の使い捨て容器、このままじゃかさばるだけだからね」

「あの、真奈歌姉さん――」

「何？」

「あ、いや、大丈夫です――」

「ふふ。変な子ね」

真奈歌姉さんとともに作業に戻る。

でも、ほんとうは聞きたかったのだ。

真奈歌さんの正体は、あやかしなのですか。

僕の母さんは、ほんとうはあやかしなのですか。

だが、その答えを聞くのが怖かった。

夜、仕事が終わって自分の部屋に戻った。

机の上には、いつでも読めるよう母さんの『万葉集』が置いてある。

ページを開くと、渋みを帯びた紙に記された黒い文字たちが、時間を超えて人々の想いを甦えらせる。

遥かなる万葉人の時代。きっと、人とあやかしや神様たちがもっと密接だった時代なのだろう。その時代を生きた人々の喜びと嘆きと祈りが、三十一字の言霊《ことだま》となって僕の心に届く。歴史の波を超えて人の心が通じ合う不思議。その歌の心の中に、僕は見知らぬ母の面影を探していた。

3

なら燈花会が初日を迎えた。

その名の通り、燈花が主役だからイベントは日没後だ。もっとも、二万本もの燈花に一度に点火するのは難しいので、夕方ぐらいから少しずつ火を灯し始めるようだった。

そのころには人出で賑わい始める。

良い場所も取りたいし、ゆっくり見ても回りたい、と考える人々が早くから集まって来ていた。道路は車が数珠つなぎになっていた。

出店を出している奈良春日野国際フォーラムは会場の端っこに位置しているが、ここにしか店がないため、こちらにも人が集まり始める。「万葉茶房」の出店は、出店群の中でも端も端、建物の入り口のひさしを間借りするようにして出店していた。

まあ、対象となるお客さんの性質上、建物内ではない方がいいのだろうが、冷房の恩恵にあやかれないのがちょっとつらかった。

「そろそろ、うちも始めようか」

真奈歌姉さんがそう宣言すると、阿砂子が子供らしい高い声で売り込みを始めた。

「いらっしゃいませー。おいしいかき氷、ホットドッグ、サンドイッチ。冷たい飲み物に綿菓子もありますよーっ」

浴衣を着た男女や甚平姿の子供を連れた親子連れが、楽しそうに歩いている。観光客や修学旅行生風の学生も多い。阿砂子の声に誘われて、さっそくお客さんがやって来る。

「去年もこのお店、出てたよね」

「そうそう。ここのサンドイッチとかき氷、すごくおいしいんだよ」

ありがたいことに、一年越しのお客様もいてくれるようだった。

美人の真奈歌姉さんとかわいらしい阿砂子が、出し惜しみせず笑顔を振りまいて呼び込みをしている。僕は裏方だ。吉野さんとふたりで、お店から持ってきた食べ物をきれいに並べたり、氷水の中に缶飲料を補充したりした。

首に巻いたタオルが、早くも汗でぐっしょりしている。ゴミ袋の確認も大事な仕事だった。せっかくの燈花会を、ゴミだらけにしてはいけない。

昨夜は、竜川さんのことや母さんのことを考えてしまって寝付けず、明け方近くまで『万葉集』を読んでいた。寝不足のはずだが、こうやって身体を動かしていると、気が晴れていくようで気持ちが良かった。

「だんだん混んできたわね。いろんなお客さんが出てきたわよ」

真奈歌姉さんの言葉を聞いて、僕は首のタオルで顔の汗をぬぐうと表を歩いている人々の方に目を向けた。

楽しげに歩いている人波のなか、人ならざる者も一緒に歩いている。

人間姿のあやかしは区別がつかないが、それ以外にも、パッと見であやかしと分かる者たちがいっぱい歩いていた。狸《たぬき》や狐《きつね》、兎《うさぎ》、狼《おおかみ》、犬など動物姿のあやかしも多い。

「ほんとに、あやかしも遊びに来るんだ」

「うわばみ、狐火《きつねび》、泥田坊《どろたぼう》、忌火《いみび》。こいつらは、いつも早いのよね。あ、すねこすりの家族がいる」

「すねこすりって、大きめのハムスターの群れみたいでかわいいですね」

「河童が来たら吉野さんに言ってキュウリを出してもらうから教えて。あと、二口女《ふたくちおんな》には料理を二人前出してあげてね。ああ、佐保姫《さほひめ》様や神様方もお見えになった」

あやかしたちがうちの出店の横にやってきて、商品を買い求める。こちらが神様やあやかし向けの受付なのだ。二口女が、ふたつの口でそれぞれサンドイッチとホットドッグを同時に食べていた。どういう仕組みなのか、神様やあやかしに手渡した瞬間、食べ物も飲み物も人間には見えなくなるようだ。

「おまえ、いい匂いがする」

鳥の頭を持つあやかしが、僕を見て不穏な感想を漏らした。

「ちょっとカヤメ、うちの彰良にちょっかい出さないでっ」

カヤメと呼ばれた鳥頭のあやかしは小首をかしげると、受け取った綿菓子に興味を移し、他のあやかしとともに人混みに紛れていった。

「友達と一緒に来ているんですかね」

あやかし同士が談笑しながらそぞろ歩きしている光景をどう理解していいか分からなくて、真奈歌姉さんに質問した。

「友達同士で来ているあやかしもいれば、家族で来ているあやかしもいるわよ。あ、来たわね」

真奈歌姉さんが目線で促す。通りの向こうから歩いてくるのは、銀鼠《ぎんねず》色の着物を着た上品そうな老婆。現象化した砂かけ婆だった。

「ばっちゃっ！」

阿砂子が喜びの声を上げて走って行き、おばあさんに飛びついた。

「おお、おお。阿砂子、元気でやっとるみたいやな」

砂かけ婆が僕たちに丁寧にお辞儀した。

阿砂子が久しぶりのおばあさんに甘えている。

「せっかくだから、ちょっとおばあちゃんと一緒に見て回ってきなさい」

真奈歌姉さんの言葉に、阿砂子は大喜びすると、すぐにおばあさんとともに人混みに消えた。

通りを歩く人々を眺めていると、浴衣姿のあやかしの親子や洋服姿のあやかしの母子が何人もいることに気づく。あそこを歩いているのは、さすがにこれは人の目に見えないように気を遣っているようだが、上代の格好をした神様の親子だろうか。

夕暮れの奈良の町に灯る燈花《とうか》の海原のなかを、人間、あやかし、神様たちが笑顔で見つめ、語らい、歩いている。どの顔も同じひとつの感情を表していた。

「みんな、楽しそうだな――」

いまここにいる人と神様やあやかしの間には、違いがほとんどないように思えた。同じように祭りを楽しみ、心で繋がっている。自分の母親が何者なのか悩んで鬱々《うつうつ》としていた気持ちが、とても小さく感じられた。

みんなの笑顔、味わっている幸せは、親しい人と楽しい時間を分かち合えるという、ごく当たり前のものだ。だが、この場所で人間かどうかの区別もなくみんなが幸福の笑みを浮かべていられること、笑い声がすることは、とても素晴らしくて素敵なことだと思えた。

日が沈み、人出が増えると、出店にますますたくさんのあやかしがやって来た。

河童が来たので、吉野さんにつないでキュウリを出してもらった。吉野さんの知り合いも結構いるみたいで、挨拶しているあやかしも多かった。どのあやかしも吉野さんの舎弟みたいに振る舞っていたけど。一つ目小僧やだいだらぼっちが、ごっそり食べ物を買っていき、吉野さんを軽くイラッとさせていた。

神様たちも多かったし、目を凝らして見ないと人間にしか見えないあやかしもたくさんいた。

もちろんお店に来るのは、人間のお客さんの方が多い。

暑い野外なので、子供連れやカップルなどに特製かき氷がとてもよく出た。

「お店、順調そうですね」

一見すると和服の書生のような姿の男の人が声をかけてきた。にこにこと僕らの様子を見ている。その男性に、真奈歌姉さんが額の汗をぬぐってお辞儀した。

「おかげさまで。何かお召し上がりになりますか」

「では、特製かき氷をひとつ」

「ありがとうございます」

特製シロップを掛けたかき氷を手渡すとき、男の人が僕をじっと見つめた。僕が何か言おうとするまえに、男の人がまた笑顔になってかき氷をひと口食べた。

「今年も、おいしいかき氷ですね」

真奈歌姉さんが、あらためて頭を下げた。

「ありがとうございます。今度、お店にも来てください」

そんなやり取りをしていたら、浴衣姿のきれいなお姉さんが声をかけてきた。思わず見とれてしまうほどの美人だ。「絶世の美女」という言葉が思い浮かんだ。

「あら、ここのかき氷、おいしそうね」

「ええ、おいしいですよ。――じゃあ、がんばってください」

男性は浴衣姿の絶世の美女にうちのかき氷を宣伝すると、風のように去った。

浴衣美女に氷を用意していると、美女に興味を引かれてなのか多くの人がわらわらと出店を覗き出す。お店にとっては、ありがたいお客さんだった。

「ありがとう。暑いけど、がんばってね」

氷を受け取った浴衣美女は、そう言いながら小さく手を振って去った。

「あ、ありがとうございます！」

浴衣美女のおかげで増えたお客さんをさばいたあと、真奈歌姉さんが教えてくれた。

「さっきの男性も浴衣のお姉さんも、人間じゃないわよ？」

「ほんとうですかっ？」

「神格のある方々だから、ちょっとやそっとじゃ見抜けないでしょうね。ついでに言うと、男性はこの燈花会の実行委員のひとりでもあるわ」

あやかし恐るべしだった。いや、神様恐るべしなのか。

　それ以外にも、顔見知りのあやかしもやって来た。しくしく泣いてるナキサワメさんは、まあいいとして、本気でびっくりしたのが――。

「ミコ――」

「みゃう」

　猫又姿のミコがふらりとやって来た。ちゃんと猫耳と尻尾は服で隠してある。

　驚いたのは、その横にいる人だった。

「今村さんっ」

　白い杖をついたサングラスの優しげな男性は、ミコの想い人の今村さんだった。

「こっちやったんですか。先日はどうも」

　僕と真奈歌姉さんの声に気づいたのか、今村さんが笑った。

「真奈歌さんにお誘いの連絡をいただいたので、がんばって来てみました。そしたら、そこでミコちゃんに会って。燈花が見えない私に代わって、細かく情景を口で説明してくれるんです」

　今村さんの杖を持っていない方の手をミコがしっかり握っていた。

「人が多いから、目が不自由だと危ないし」

　尋ねてもいないのに、ミコが今村さんの手を握っている理由を説明した。気恥ずかしげにそっぽを向いた猫又の娘と優しそうに微笑んでいる今村さんの姿に胸が詰まった。

何だよ、ミコ。悲しげなことを言ってたくせに。一緒にお祭りなんて、よかったじゃないか。真奈歌さんも何て素敵なことを仕掛けるのだろう――。

ちょっと涙がこみ上げてきて、僕は汗を拭く振りをしてタオルで顔を強くこすった。

4

なら燈花会は連日、好天に恵まれて、無事に最終日となった。

正直、十日は長い。体力に自信のない僕にとって、連日の出店の仕事は想像以上にきつかった。お店が盛況しているのだから、贅沢な悩みだとは思うが。

「やっておるな」

最終日の夕方、大物口調で話す中学生くらいの少女が、出店にふらりとやって来た。ウカ様だ。祭りに合わせて浴衣姿だった。真奈歌姉さんが他のお客さんの対応をしているので、僕がウカ様を出迎える。

「いらっしゃいませ」

「彰良か。元気そうじゃな。ぜんぶの商品を一人前ずつもらおうか。……おや、真奈歌、そこにいたのか」

ウカ様が、わざとらしくいま気づいたような顔で真奈歌姉さんに声をかけた。姉さんが引きつった営業スマイルを向ける。真奈歌さん、絶対気づいていたな。

ウカ様が、食べ物を受け取ったそばから平らげていく。ウカ様の見た目はほっそりした女子中学生だ。あまりの健啖《けんたん》ぶりに、周囲の目を引かないか心配していたら、僕の名前を呼ぶ声が聞こえた。

「こんばんは、草壁くん」

「ふらついてるで、彰良」

春日と竜川さんだった。

手にした団扇《うちわ》を振っている春日は浴衣、竜川さんの格好はTシャツにショートパンツだ。竜川さんは、相変わらずどこか不機嫌そうな顔をしていた。

「人間もあやかしも、嫌いだったんじゃないの」

真奈歌姉さんの冷やかしに、竜川さんが憮然とした顔で答える。

「何や知らんけど、この祭りだけは行かんと、母さんが小遣いを止めんねん」

竜川さんと真奈歌姉さんがやり取りする横で、春日の肩を叩く者がいた。Tシャツにジーンズ姿の少年だ。春日が驚愕で目を見開く。

「えっ……」

「よう、久しぶり——は変か？」

春日の表情が、驚きから喜びに変わる。天狗のミヤマだった。

「ミヤマくんっ。ミヤマくんやんねっ。どうしたん？」

「どっかのお節介な大天狗が、吉野山から離れても、ひと晩だけ人間の姿でいられる勾《まが》玉《たま》をくれたんだ。羽も見えないだろ？」

思わぬ出会いに、春日は手放しで喜んでいた。

それにしても、お節介な大天狗って……吉野さんも、ほんといい人だな。

みんなで再会を懐かしんでいると、ひと通り食べ終わったウカ様は、いつの間にかいなくなっていた。

「彰良くん、せっかくお友達も来ているんだし、遊びに行ってきたら？」

「いいんですか」

「春日さんもお友達と一緒に回るみたいだし、そうすると、そっちの子がひとりになっちゃうでしょ。最終日だし、ゆっくりしてきなさい」

真奈歌姉さんの言葉に、竜川さんが減らず口を叩く。

「いいんか？　また、あたしが彰良に〝毒〟を吹き込むかもしれへんで」

「ふふふ。やれるもんなら、やってみなさい。今日のお祭りは特別なんだから」

かき氷を食べるという春日とミヤマのふたりと別れ、僕は竜川さんと一緒に燈花の広がるイベント会場をゆっくり見て回ることにした。

真奈歌姉さんが、お腹が空いたら食べなさいとホットドッグを二個持たせてくれた。

店から出て、伸びをするつもりで身体をひねると、腰がぼきぼきと音を立てた。

「すげえ音やな。ほんまに折れてるんちゃうか」

「運動不足がたたったよ」

「いまからでも陸上部に来《き》ぃや。あたしが直々に鍛えたる」

出店から少し離れると、すぐそばの春日野園地会場がよく見渡せた。芝生一面に広がっているろうそくの明かりを見て、心が躍る。

「竜川さんは、毎年来てるの？」

「ああ。だから見所は分かんで。いちばん人気は、奈良公園の鷺池《さぎいけ》の浮見堂やろうけど、こっからは距離もあるしな。行くんなら東大寺鏡池会場かな。混んでるけど、行くか」

「行きたいけど、竜川さんこそ見たいところとかはないの？」

「あたしは、毎年、母さんに行けって言われて来てるだけやから」

ゆっくり見物しながら歩いている人が多いせいか、なかなか人の流れが進まない。その中を、竜川さんがすいすいと難なく抜けていく。竜川さんに何度か立ち止まってもらって、僕は春日野園地会場を抜けることができた。

竜川さんは口では何だかんだ言っても、面倒見がいい子なんだなと思う。

「すっかり暗くなったね」

「ああ、今日が最終日やし、もっと混むで。あたしからはぐれんなよ」

「竜川さん、ありがとう」

お礼を言うと、彼女がぎょっとしたように振り向いた。

「なんやねん、急に。気持ち悪い」

「僕ひとりじゃ、絶対迷子になってた。わざわざオススメスポットも教えてくれたし」

「――あやかしが見える者同士のよしみや」

竜川さんが前を向いて歩き始めたとき、僕の腰の辺りに、ふんわりしたものがぶつかった。ちょっとよろめく。

「竜川さん、ちょっと待って」

「あん？　どした」

「この子――」

小さな男の子が、僕の足にしがみついていた。男の子の頭には特徴的な三角の耳がついており、おしりからは大きな木の葉型のしっぽが生えている。

狐《きつね》のあやかしだ。東京にいたときにも子狐のあやかしとは遊んだことがあったので、どことなく懐かしく感じる。まだ子供だから、自力で現象化できるほどの力はないようだ。甚平を着たその姿は、耳としっぽを別にすれば五歳児くらいの男の子だった。

「子狐のあやかしか。人混みで親とはぐれたんちゃうか。放っとけや」

「迷子ならかわいそうじゃないか。それにこの子、何だか離れないんだ」

その間も、子狐のあやかしは僕のズボンをぎゅっと掴んだままだった。

竜川さんが、ちょっと文句を言った。

「こら、がきんちょ。そいつから離れろ」

子狐のあやかしはいやいやをして、ズボンをますます強く掴んだ。

「お母ちゃんと同じ匂いがする」

あやかしの言葉に竜川さんが怪訝《けげん》な顔をし、僕は思わず苦笑した。

「ねえ。坊や、お父さんかお母さんは？」

顔を上げたその子の目は、じんわり涙をためていた。

「お母ちゃんと来たんだけど、お母ちゃんどこ？」

子狐のあやかしの方が質問してきた。しゃがみ込んで、男の子と目を合わせる。

「どの辺までお母さんと一緒にいたんだい」

男の子が敷地の奥を指さした。

ちょうど僕らが向かおうとしている方向、大仏殿のある東大寺の方向だった。

竜川さんが、面倒くさそうに頭をぼりぼりかく。

「これは本格的な迷子やな」

「あやかし向けの迷子センターなんてないからね。よし、それじゃ、僕らと一緒にお母さんを探そう」

そう言うと、子狐のあやかしが無言で僕の右手を掴んだ。

歩き出そうとすると、急に誰かのお腹が鳴った。

思わず竜川さんと顔を見合わせると、真っ赤な顔になった彼女に、

「あたしちゃうわっ。彰良、乙女に対してデリカシーがないで」

と怒られた。となると、子狐のあやかしだろうか。

見れば、子狐のあやかしは、僕が左手に持っているホットドッグの入ったビニール袋を凝視していた。

「……お腹空いた」

子狐のあやかしが、言葉とともに耳としっぽも垂らす。あわれな有り様だった。

僕はつないでいた手を解いて頭を撫でてやると、人混みを避けるように道の脇にずれて、ホットドッグを一個差し出した。

「これ、おいしいよ。お食べ」

「いただきます」

子狐のあやかしは、真剣な表情でホットドッグにかぶりついた。

「おいしい？」

「おいひい」

一生懸命もぐもぐしている姿がかわいらしかった。

「あーあー、ほっぺにケチャップついてんで」

何だかんだと竜川さんも世話を焼いている。母親が子供にするように、竜川さんが頬をティッシュで拭いてやっていた。

そこで、またお腹の鳴る音がした。

今度こそ、竜川さんだった。夜でもそれと分かるほど顔を真っ赤にしている。

「……しゃあないやろ。このがきんちょがおいしそうに食べるから」

僕は残っているもうひとつのホットドッグを取り出した。

「竜川さん、もう一個あるから、食べる？」

「半笑いで女子に食べ物、勧めんなや。あたしはお腹なんか空いてへん」

「じゃあ、僕が食べちゃおうかな」

「あ……」

竜川さんが哀れな声を上げた。

「お腹空いていないんだよね、竜川さん？」

もう一度お腹の鳴る音がする。

竜川さんが恥ずかしさを通り越して怒ったようになって言った。

「おまえ、ええ奴やと思っとったけど、めっちゃやな奴やなっ。もうホットドッグなんかいらんっ」

ちょっとお祭りに浮かれてからかいすぎた。

「ごめんごめん。ホットドッグ、半分に分けようよ」

「知らんっ」

「僕ひとりじゃ食べきれないから、残しちゃったらもったいないし」

竜川さんが、僕の顔とホットドッグを交互に見比べた。

「おまえ、ずっと出店やってて、お腹空いてるんちゃうの？」

「味見とかしたから大丈夫」

ややあって、竜川さんが僕の手からホットドッグを奪い取った。声をかける間もなく真ん中できれいにふたつにちぎる。

片方を僕の手に戻すと、もう片方に早くもかぶりついた。

「うん。おいしい」

竜川さんの笑顔を確かめて、僕もホットドッグにありついた。

コッペパンの香ばしさと温かいソーセージの肉汁に、ケチャップの酸味が合わさる。キャベツの千切りのみずみずしさと食感がアクセントになっていて、なるほど子狐のあやかしが脇目も振らずに食べている理由が分かった。

竜川さんにああは言ったものの、ほんとうは出店で味見などせず、ずっと働いていたので、まだ温かいホットドッグが胃に沁《し》みるようだった。

「おいしいね」

　僕と竜川さん、そして子狐のあやかしは顔を見合って笑った。

「おいしいもん食べると笑顔になるんは、なんでやろうな」

　竜川さんが、じっくり味わいながら食べていた。

「ご飯をみんなで食べるのって、すごく幸せなことなんだ」

「なんや、改まって」

「ごく当たり前のことなんだけど、その当たり前のことを、父さんを亡くしてならまちに来て、真奈歌さんに言われて初めて僕は気づいたんだ」

「ふーん……」

「たぶん、母さんがあのお店を作ったのも、そんな気持ちからだったのかもしれない」

　僕に続いて、竜川さんもホットドッグを食べ終えた。

「じゃあ、今度、『万葉茶房』に行かせてもらうわ。こないだは注文するまえに帰ってまったし」

「竜川さんのお母さんも一緒に来て欲しいな」

「……考えとく」

　そんなこんなで、あっという間にホットドッグが二個ともなくなった。

「ごちそうさまでした」

きちんと両手を合わせる子狐の姿が微笑ましい。

「お利口さんだね」

「お兄ちゃんたち、人間なのにいい人なんだね」

人間と言われて、竜川さんが微妙な顔をした。僕も何となく苦笑する。

「ひょっとしたら、お兄ちゃん、半分あやかしかもしれないんだ」

「半分あやかし？」

「お母さんがあやかしかもしれないってこと」

竜川さんがびっくりして、心配するような顔で僕を見る。

思い切って自分で言ってしまうと、最初からそれが正解だったような気持ちになるから妙なものだ。子狐のあやかしも、僕の言葉にびっくりしたような顔をしている。

「お母ちゃんが言ってた。あやかしは、人間を好きになっちゃいけないって。特に、格の高いあやかしや神様は、ひとりの人間を好きになったりしちゃいけないんだって」

「そうなの？」

子狐のあやかしが、重大な秘密を教えるように真剣に何度も頷く。

初めて聞く話だったので、もう少し詳しく聞きたかったが、子狐の興味が次に移ってしまったようだ。視線を外したかと思うと、背伸びをして向こうを見ようとし出す。

「見えない……」

遠くまで続く燈花を見たいようだった。

「よし、じゃあ、お兄ちゃんが肩車してあげよう」

子狐のあやかしがにぱっと笑うのを確認して、僕はその子を肩に担いだ。

「うわあ。高い」

「どうだ。遠くのろうそくまで、きれいに見えるだろ」

「うんっ」

男の子の手が僕の目をふさがないように、うまいこと移動させる。隣で竜川さんが目を丸くしていた。

「おまえ、あやかしを肩車かよ――」

「人も多いし、歩いている方が人にぶつかったりして危ないよ。それに、この方がお母さんも探しやすいんじゃないかな」

頭の上で、男の子の歓声が聞こえる。

わざと揺らしたりして、キャアキャア言わせて遊んだりした。

「変わってるのは、あたしの方なんか……」

竜川さんのつぶやきは、人のざわめきでよく聞き取れなかった。

振り返れば、僕の方が先に進んでしまって彼女と少し離れてしまっていた。待とうと立ち止まると、ふと誰かに肩を叩かれた。

振り返ると、そこには初日に出店でかき氷を買ってくれた書生ふうの姿の男性が立っていた。

「『万葉茶房』の人だよね」

「ああ、先日はありがとうございました」

たしかこの人は高い神格を持った神様で、イベント実行委員のひとりだったはずだ。どんな態度で答えたらいいかよく分からず、とりあえず当たり障りのない挨拶をした。

「おや、その肩の上の子狐は」

「迷子みたいなんです。お母さんを探していて」

「ああ、それだったら、あちらの南大門の手前辺りで、子供を探しているような狐の女性がいたけれども」

「お母ちゃん⁉」

肩の上で子狐がもぞもぞした。落ちないように両手で細いももを掴んで支える。

「こらこら、暴れないの。ありがとうございました。ちょっと行ってみます」

「どういたしまして。——きみはいい子なんだね」

男性が軽く手を振って、再び人混みに消えていった。

僕は竜川さんと合流すると、東大寺へと向かった。

南大門に近づくにつれて人がますます増え、歩く速度は遅くなった。人の列の中、僕らは邪魔にならないように道から逸れつつ母狐を探す。

「お母ちゃんの匂いがするっ」

肩車していた子狐のあやかしが、いきなり上下に身体を揺らした。

「どっちだ」

「あっち」

指さす方向に心を集中させる。母狐はどこにいるのか。

先に気づいたのは竜川さんだった。

「彰良、子供を探してる女のあやかしの声がする」

耳を澄ますと、僕にも聞こえてきた。

「坊や、坊や――」

「お母ちゃんっ」

肩の上で男の子が暴れ、半ば強引に飛び降りた。

「走ったら危ないよ」

「お母ちゃーんっ」

べそをかきながら男の子が走って行くのを追った。竜川さんもついてくる。

南大門の手前、燈花を見物している人波から外れたところで、狐の耳をした長い髪の若い女性が、泣きそうな顔で子供を探していた。

「お母ちゃんっ」

「坊やっ」

子狐のあやかしが、母親を目がけて走って行く。そして、しゃがんだ女性の胸に思い切り飛び込んだ。母狐は我が子の無事を喜び、子狐は母の胸の中で思い切り泣いていた。

抱き合う母子の姿は、人間もあやかしもやっぱり関係がないように思えた。

「よかったですね」

母狐に声を掛けると、彼女はぎょっとしたように僕を見た。

「人間っ⁉」

「あのお兄ちゃんに連れてきてもらったの。肩車してもらったんだ」

「人間なのに――いえ、この強い妖気、あなた様は……？」

母狐は何を思ったか、僕に向かって深々と頭を下げた。

「うちの子が、大変ご迷惑をおかけしました」

母狐の恐縮っぷりに面食らう。

「ほら、おまえ、やっぱり、あやかしから見たらすげえ妖力なんやって」

竜川さんが僕をからかった。

顔を上げた母狐は、竜川さんを見て再び深く頭を下げる。

「そちらにいらっしゃるのは、龍神様の娘様では――」

竜川さんが憮然とした面持ちになる。

「ほら、竜川さんの妖力がすごいんだよ」

「うっせ」

軽く頭を殴られた。ちょっと痛い。

「彼女のお父さんが龍神だって、よく分かりましたね」

「はい。当時、上なる方に仕えていましたので、ことのあらましはわたくしも伺っております」

「そういえばさっき、お子さんから『あやかしは人間を好きになっちゃいけない』って聞いたんだけど、ほんとうなんですか？」

母狐を見つけて安心したからなのか、子狐のあやかしは、いつの間にか母親の胸の中で寝息を立てていた。母狐が、その様子に微笑みながら答えた。

「お嬢様の前でこう申しては角が立つかもしれませんが、龍神様の件のあと、そのようにわざと言われるようになりました」

竜川さんが、黙って聞き耳を立てている。

「わざと？」

「実際には、私たちあやかしと人間はとても近い存在なのです。行き違いがあって憎しみ合うこともあるけれど、この大和の地でともに生きてきた存在。深く愛し合いすぎるが故の悲劇が、龍神様の件以外にも過去に何度かあり、そのように言われるようになったと聞いています」

「深く愛し合いすぎる……。それって具体的には……」

母狐は眠ってしまった我が子の髪を指で梳《す》きながら、話を続けた。

「わたくしは経験がないので、あくまでも聞いた話になりますが……。いちばんは人間の命の短さでしょうか。あやかしや神の側は、時が止まったかのように若いままなのに、人間の側は一方的に老いて病にかかり死んでいく。その姿を見つめるのは、愛すればこそつらいもの」

切々と語る母狐の言葉に、竜川さんが反発した。

「はっ！　そんなこと言うんやったら、最初から好きになるな言うんや」

竜川さんの気持ちが少しいたたまれなくて、どうしていいか分からない僕は、思いついた歌を詠むことにした。

百年《ももとせ》に　老舌《おいじたい》出でて　よよむとも　われはいとはじ　恋は益《ま》すとも

「何やねん、その歌。ん？　何か光が出てる？」

竜川さんが不思議な現象に怯んだ。僕としては見慣れたものだが、初めてだとほんとうに変な現象に見えるだろう。しかも、その光があやかしに吸い込まれるのだから。

「えっ。竜川さんにも光が入った？」

「お。何か疲れが取れたで。すごいな、おまえ。あたしの力より、よっぽど不可思議な力を持ってるやんか」

「ああ、そうか。竜川さんは半分龍神だから、僕の歌の効果があるのか」

「何か言うたか。それより、その歌は何や」

「大伴家持《おおとものやかもち》の歌だよ」

「誰？ それ」

「『万葉集』の編纂に携わったんじゃないかと言われている奈良時代の有名な歌人だよ。『万葉集』全二十巻の一割以上は、この人の歌で、巻十七以降はもはや大伴家持の歌日記状態」

夏休みの補講の日本史でも出ていた知識なので、一瞬、「竜川さんも補講に出れば……」と言いそうになったが、反応が怖かったのでやめておいた。

「自分で詠んで自分で選んだんか。図々しいなあ」

「その指摘は盲点だった」

竜川さんの言葉がおかしくて、僕はちょっと吹き出した。

「で、どういう意味なん？」

「意味は――あなたが百歳になって、老いてしまりのない口から舌が出て身体もよぼよぼになっても、私は嫌いになったりはしないだろう、恋心がまさりこそすれども、といった感じかな。これは人間同士の話だけど、ほんとうに人を好きになったのなら、年齢とか時間なんてものも飛び越えてしまうんじゃないかな」

竜川さんが「ふーん」と頷く。母狐がくすりと笑った。

「そうですね。あやかしと人間という壁を越えてでも結ばれたいと願うふたりは、普通の人よりもよっぽど情が深いのでしょうね」

「情が深い」という言葉に、どきっとする。生前、父さんは母さんの思い出を語るときに、よく「情が深い人だった」と口にしていた。

夜の闇の中、燈花が幻想的に揺らめいている。蝉《せみ》の声が辺りをすっぽり包んでいた。

「情が深いのも、善し悪しってことなんかなあ」

竜川さんがため息交じりに言うと、母狐は彼女に尋ねた。

「ときにお嬢様は、名前は何とおっしゃるのですか」

「あたし？　あたしは竜川美幸。竜の川に美しい幸せ。こんながさつな女で、名前負けしてると思うけどな」

自嘲するように笑う竜川さんに対して、母狐は何かに感じ入ったようにしみじみと何度か頷き、天を仰ぐ。

「龍神様は、ほんとうにあなたを愛しておいでなのですね」

「え……？」

意外な言葉だったのだろう。竜川さんが思わず固まった。

遠くの空で轟《とどろ》くような音が聞こえる。

「お嬢様のお名前は、龍神様がつけられたと聞いています。こうしてお聞きしてもビリビリするほどのお力を感じます。その名前は、神の力を持った〈美しく幸せなれ〉という言霊《ことだま》そのもの。龍神様の祈りの言葉だと思います」

「祈りの言葉……？」

竜川さんが呆然と繰り返している。

「名前は、お嬢様の一生をついて回るもの。お嬢様の人生を、ずっとずっと龍神様ご自身のお力で護ってくださっているのですね」

突如、大粒の雨が東大寺いったいに降り始めた。空を見上げれば、いつの間にか濃い灰色の雲が星空をすっぽり覆っている。暗雲の向こうでは、白い閃光が走っていた。

大雨が、立ち尽くす竜川さんの顔を打ち付けていた。

僕らは、すでに雨宿りの人がたくさん集まっていた南大門をくぐり、近くの木の下に逃げ込んだ。ハンカチで顔を拭く。竜川さんが舌打ちした。

「ったく、今年もかよ。毎年のように、最終日は大雨になんねん。それで急いで家に帰ると、家に着いたところで嘘みたいに止みよるから、厄介や」

竜川さんも自分のハンカチで顔や頭を拭いていた。雷と大雨は、まだやみそうにない。

僕らの様子を見ながら、母狐のあやかしが微笑んでいた。

「今年も、龍神様がいらっしゃったのですね」

「はっ？　雷雨と龍神が関係すんのか？」

「龍神様がいらっしゃるとき、こんなふうに雷雨を起こされるのです。美幸さんのことを見に来たのかもしれませんね。毎年のことです。すぐやむと思います」

見物客が慌てて雨宿りできそうなところを探し、小走りで右往左往している。僕はその中で不思議なことに気づいた。

地面を埋め尽くす燈花は、雨に濡れてはいるものの、ほとんど火が消えていないのだ。

雷雨なのに消えない燈花。いや、燈花を消さない雷雨、なのかもしれない。

雨が意志を持って降り注いでいるように思えるのは、うがち過ぎだろうか。

だが、母狐の言葉通り龍神が来ているんだとすれば、僕には子を思う龍神の涙のように思えなくもなかった。

「そんなややっこしいことせんで、もっと直接気持ちを表しゃええねん。それこそ、さっき彰良が詠んだ歌みたいに」

竜川さんの声は雨と稲妻の中で、あまり聞こえない。だが、そのかすかな声が聞こえたのだろうか、母狐がふと語った。

「神様やあやかしの中でも、特別に情愛の深い方のお話で、こんなお話を聞いたことがあります」

母狐が、僕にその切れ長の目を向けたように思えた。

「人間の男と恋に落ちたものの、あやかしと人間の違いからなのか、なかなか赤子を授からず泣き暮らしていたところ、互いを思い合う深い情愛が神々の心も動かし、玉のような男の子を授かったとか」

「ふーん」

「よほどうれしかったのでしょう。赤子を宿して母となったあやかしは、喜びのあまり舞い踊り、危うくお腹の中の子供に影響が出るところでした」

この話は……僕の生まれたときと似ている。

竜川さんも思うところがあったのか、僕の顔を見つめていた。

「この話って……」

母狐が話を続ける。

「母親はあやかしだから、人間の食べ物など摂る必要はありませんが、生まれてきた子供には必要です。母親は一生懸命、人間の食事を作って食べさせました。最初のころはおいしく作れなくて、子供が嫌がったようですが、努力を重ねました。どうしても、自分の手で作った料理を食べさせたかったのでしょう。人間の父親の方には、料理をさせなかったと言いますから」

そうだ。父さんが言っていた。母さんがいつも一生懸命料理を作っていたって。不器用な卵焼きやおにぎり。だけど、小さいころの僕は好き嫌いが多くて、母さんの料理を嫌がって困らせてばかりいた……。

そこで確信した。これは母さんの話だ。

そう思って聞いていると、自然と涙が流れ出た。

「その母親のあやかしは、どうしてん」

竜川さんが遠慮がちに尋ねる。それは、僕がもっとも聞きたかったことだった。

「訳あって、夫と息子を置いて故郷に戻ることになったそうです。母親は、それがつらくて何日も泣いたと言います。その後しばらくして、この奈良の地に、わたくしたちあやかしたちのために、『あやかし万葉茶房』という憩いの場を作ったと伺っています」

とうとう竜川さんが大きな声を上げた。

「この話、おまえの――」

竜川さんが僕を促す。僕は彼女の言葉を途中で遮《さえぎ》るように片手を挙げ、少しうつむいたまま何度も無言で頷いた。涙が止まらなくなってしまい、恥ずかしかったのだ。

何の前触れもなく雨がやんだ。

稲光もいつの間にかやみ、夏の夜空に星が現れていた。

「ああ、雨がやみましたね。ふふふ。やはり龍神様だったみたいです。今年も燈花がほとんど消えていませんもの」

母狐の言う通りだった。地面にはところどころ泥水がたまっていたが、かすかに橙《だいだい》色《いろ》を帯びた燈花はほとんど消えていない。それはまるで、泥沼に咲く蓮の花が光り輝いているような神秘的な光景だった。

「龍神が、毎年、こんなことを――」

竜川さんのつぶやきが、雨で気温の下がった夜の空気に溶けていく。

「それでは、わたくしたちはこれで。坊やがお世話になりました」

母狐が相変わらず眠ったままの子狐を抱えてお辞儀した。

きびすを返し歩き出そうとしたところで、僕はその背中に思いきって声をかけた。

「待ってください。さっき話していた母親のあやかしは、どんなあやかしなんですか」

母狐が振り返り、にっこりと微笑んだ。

「我らが上なるお方、九尾《きゅうび》の狐様です。――草壁彰良様、ごきげんよう」

狐のあやかしの母子は、闇と燈花の中へ去って行った。

しばらくしてから、僕は母狐に名前なんて名乗っていなかったことに気づいた。

5

雨がやんだこともあり、往来には再び見物客が増え始めた。

短い時間ながら激しく降った雨のおかげで、奈良盆地特有の強い蒸し暑さが和らぎ、さっぱりした空気になっていた。

東大寺鏡池が暖かな色の光で照らされている。周囲を埋め尽くす灯りを眺めていると、まるで天の川の中にいるような気がしてくる。

その幻想的な光景を、人間もあやかしもうっとりとした表情で見物していた。

視線を上げて目を遠くにやると、光に照らされた東大寺大仏殿が見えた。上部の戸板が開けられているので、大仏の顔が黄金色に輝いているところまで見える。

奈良に来てしばらくたつのに、東大寺の大仏を見るのはこれが初めてだった。

何だか申し訳ない気がして、僕は遠くの大仏様に合掌して頭を下げた。

よく目を凝らすと、大仏殿を囲むように、中空に上代の衣装を身に纏《まと》った神様たちの姿が見える。

ここは現世《うつしよ》なのか、常世《とこよ》なのか。

空の上で神様たちが舞う姿と、地上を埋め尽くす燈花の海のコントラストは、ほんとうに神秘的なものだった。

「こんな遅い時間まで祭りにいたことあらへんかったけど、結構いいもんやな」

なぜか竜川さんが、どこか怒ったような顔をしている。雨で濡れた前髪を掻き上げたので、白いきれいなおでこがよく見えた。

「僕も、初めて来たお祭りだけど、すごいね。人間もあやかしも神様も、みんなが楽しめる」

「奈良でもこんな祭りは珍しいで。東京にはないんか」

「僕の住んでいたところには、小さな神社のお祭りしかなかったからね。祭りになっても、あやかしが数体来るくらいかな」

「あやかしにとっては、都会は生きにくいんやろうな」

僕らの横を、鼠《ねずみ》のような姿の小さなあやかしたちがくるくる踊りながら通り過ぎていった。酒にでも酔っているのだろうか。背後で、牛鬼のようないかついあやかしが、少女姿のあやかしの吹く和笛の音に耳を傾けている。

「彰良。あんた、自分のお母さんのこと、どない思ってるん？」

竜川さんがストレートに聞いてきた。

単刀直入に聞いてきたのは彼女らしいが、表情は思いの外、こちらを心配するような真剣な顔をしていた。

　だから僕も、本音で答える。

「ほんとうのことを言うと、ずっとどこかで恨んでいたような気がする」

　苦笑しながらそう言うと、竜川さんが複雑な顔をした。

「そうか」

　自分だけじゃなかったという安堵と、それが当然だよなという同情と、でも――やっぱりつらいよなという憐憫《れんびん》の混じった顔。周りを見れば、人間もあやかしも幸せそうにしている家族の姿ばかりだ。だが、その中に人間とあやかしが一緒の家族はいない。

　僕は続けた。

「母さんがいなくてさみしかったし、変なものは見えるし。でも、今は――」

「違ってきたんか？」

　僕が頷くと、竜川さんの目がますます真剣みを帯びた。まるで救いを求めるような目だと思ったのは、夜の暗さのせいだろうか。

「奈良に来てから、いろんな人、あやかし、神様に会って気づいたんだ。みんな同じような心を持ってて、泣いたり笑ったりしながら同じように幸せを求めてるって」

　孫の身を案じる砂かけ婆、友情に篤《あつ》い天狗、人間に恋した猫又、迷子になった子狐を探していた母狐の姿。人間の心と何が違うと言うのか。

　竜川さんが大きく息をついた。Tシャツの袖をまくって、頭の後ろで手を組む。

「そうやな。そうなんやな――」

　彼女は、自分に言い聞かせるように何度も繰り返していた。

「僕は、あやかしたちに歌を詠み上げることで、元気にすることができる。砂かけ婆が僕に言ったんだ。『人とあやかしの世界を結ぶ絆として、あんたの力があるんやろうな』って。僕は人間の心もあやかしの心も分かるから、その両方を大切にしたいって思っている」

　急に、竜川さんが僕の肩をばんばん叩いた。

「おまえ、悟ってんな」

「痛い痛い。――悟ってる？」

「あたしが彰良に声をかけたんはさ、あやかしが見えるっちゅうことでいじめられたりしてたら、守ってやろうと思ってたからなんやけど、その必要はあらへんかもな。むしろ、あたしの方が教わりたいくらいやわ」

「そんなことないよ。僕の方こそ、竜川さんに――」

　教えて欲しいことがいっぱいあるんだと言おうとしたら、彼女は僕の口に人差し指を突きつけて封じた。

「『美幸』」

「え？」

彼女は「これからは『美幸』って呼んでや」と言ったあと、顔を赤らめながら早口で付け加えた。

「龍神の力が込められてるっちゅうありがたい名前なんやから、使わんともったいないやろ」

夜の闇と燈花の灯りと命あるものの熱気の中、竜川さんが満面の笑みを浮かべた。美しく幸せであれ。彼女の笑顔が、その龍神の祈りが実現していることを示していた。

僕は後始末のために、そろそろ出店に戻ることにした。

竜川さんは、最後にここから通りの方へ抜けて猿沢池まで歩きたいと言ったが、ちょうどミヤマと分かれた春日がうちの出店の前にいるとのことなので、急いで合流することにした。帰りは春日のお母さんが車で迎えに来てくれるらしい。それなら安全だ。

「お帰りー」

穏やかな笑顔を浮かべた春日が手を振っている。

「春日たちは、どの辺を見て回ったの？」

「浮雲園地会場と春日大社参道を見てきたよ。楽しかった」

春日はうちのお店のかき氷を食べていた。

「見かけによらず、めぐみは、ああいうちょっと悪そうな男が好きなんか」

にやにやしながら竜川さんが春日をからかった。

しかし、春日はそんなことでは動じない。

「ちょっと悪そうに見えたって、大切なお友達は大切なお友達やもん。ね、草壁くん？」

「うん、そうだね」

そう。見かけなんかじゃない。人間もあやかしも神様も、大切なのは互いを思い合う心なのだ。

からかいが不発に終わったからか、竜川さんがちょっと興ざめたように言った。

「ふーん、そっちはそっちで楽しめたんやな」

「うん。ふたりはどうやったん」

突如、竜川さんが白い腕をのばし、僕の首を抱きかかえるようにした。

「こっちやって楽しかったで。何たって、『彰良』と『美幸』の仲になったんやもんな！」

春日のスプーンから、かき氷がぽとりと落ちた。

「ちょっと待って。何があったん、草壁くんっ」

「その通りやんな。な、彰良！」

「ちょっ、苦しいよ、竜川さ……美幸」

竜川さんが、さらに腕に力を込めて僕の首を絞めながら、楽しそうにしている。

本気で彼女が力を入れたら、首の骨が折れかねない。現に名字を呼ぼうとしたら腕に力を込められた。内心びくびくしながら、されるに任せた。

「ほんまに名前で呼び合ってる……。どういうことなんか、私にきちんと説明してくれるかなっ」

「そんなに気になるんやったら、おまえも彰良に『めぐみ』って呼んでもらえばええやろ」

「ええーっ⁉」

大きな声を上げて、再びかき氷をこぼした春日を尻目に、竜川さんが耳元で囁《ささや》いた。

「今度はおまえの番やからな。がんばれよ、彰良」

眼差しは真剣なものだった。

僕は頷いた。

僕も自分のことを確かめなければいけない。

彼女のように一歩を踏み出さないと――。

春日のお母さんが迎えに来て、竜川さんも一緒に帰っていった。

さて、後片付けを手伝わなくてはいけない。

出店の裏では、阿砂子が砂かけ婆に抱っこされて眠っていた。

「お疲れ、彰良くん。途中すごい雨だったけど、燈花会、見て回れた？」

Tシャツの袖をまくり上げて働いている真奈歌姉さんが、笑顔で出迎えてくれた。不要になった段ボールを潰している。

「ありがとうございました。楽しかったです」

「それは何より」

作業の手を止めた真奈歌姉さんが、僕の顔をじっと見つめた。

さっき決心した心が、萎《な》えそうになる。

真奈歌姉さんは、じっと黙って見ていた。その瞳は、僕に問いかけているようにも感じられる。「聞きたいことを聞きなさい。勇気を奮って、一歩を踏み出せ」と。

だが、それを聞いてしまったら、僕はほんとうに大丈夫なのだろうか。

ためらっている間に、吉野さんが片付けにやって来た。

「真奈歌さん、荷物、そろそろ運びますね」

「うん。お願いするわ」

「あの、真奈歌姉さんっ」

背を向けようとした真奈歌姉さんを慌てて呼び止めた。

「なあに？」

真奈歌姉さんは、先ほどと同じ瞳で振り返った。口の中がぱさぱさする。呼び止めた以上、思い切って踏み込むしかない。

「真奈歌姉さんは——あやかしなんですか」

核心には触れず、聞きやすいことから尋ねた。

だが、真奈歌姉さんは僕のためらい、悩みに気づいていたのだろう。くすりと笑って、すぐになんでもないことのように答えた。

「そうよ。私は狐のあやかし。その中でも、かなり力がある方だけどね」

あまりにもあっさり答えられて、少し面食らう。

だが、自分が悩み過ぎなだけで、きっとほんとうは大したことじゃないのだ。僕はもう、人間もあやかしも、同じ心で生きていると知っているのだから。

だから、そのままの勢いで尋ねた。

「真奈歌姉さん、僕のほんとうのお母さんって——九尾の狐？」

真奈歌さんが静かに天を仰いで息をついた。

あらためて僕を見たその目は、かすかに潤んでいた。

「自分でそこまで辿り着いたのね、彰良くん」

「——うん」

驚いたのは、そのあとの真奈歌さんの言葉だった。

「九尾の狐はきみのお母さんであり、私のお母さんでもある。この意味、分かる？」

「えっ……真奈歌姉さんは、ほんとうに僕の姉さんってこと……？」

「そうよ。きみと私は父親違いの姉弟。年の差は数百歳以上だけど、彰良はひとりぼっちじゃないの」

鼻の奥がつんとした。

「ひとりぼっちじゃない」という言葉を口の中で転がしてみる。

父さんも母さんも死んで、親しい親戚もいなくて……。そんななか僕のことを心配してくれた真奈歌姉さんが、実はほんとうに姉さんだったなんて――。

驚く僕の肩を、真奈歌姉さんが軽く抱きしめた。

「今夜ゆっくり、私たちのお母さんの話を教えてあげる。でも、そのまえに後片付けをしてしまいましょう」

真奈歌姉さんに促されて、出店の後片付けに取りかかった。

大きな荷物を、吉野さんが持ってきた台車に載せて運ぶ。

幾千幾万の燈花が、艶やかに夜の闇の中でまだ輝いていた。

僕は、人もあやかしも神様も幸福な世界でありますようにと祈りを込めて、揺れる灯りのひとつひとつを見つめ続けた。

エピローグ

今年のなら燈花会が終わろうとしていた。

祭りの会場のひとつでもある春日大社は、山の中にある。なら燈花会の広い会場の中でも奥の方に位置しているが、その場所からは、遥か下の方まで燈花が連なっているのが見えた。

ひとつひとつはかすかな光だが、幾千幾万と集まったろうそくの炎は、広大な奈良公園のすべてを飲み込むようだった。

誰の目にもつかない場所で、人間には見えない姿をした若い書生風のあやかしが静かに祭りの様子を見下ろしている。

「今年も、そばまで行きながら、ひと雨降らせただけか」

背後から﨟長《ろうた》けた美しい女の声がした。

書生は、振り向きもせずに答えた。

「娘は、美幸は、私を恨んでいる」

「ふん。龍神ともあろう者が、人間の父親のようなことで悩むのかえ」

真に力のある者なら、この書生の姿が仮の姿であることはすぐに分かるだろう。

ほんとうの姿は、先ほど燈花会の灯りを消すことなく雷雨をもたらした存在、美幸の父の龍神だった。

龍神はため息をついた。

「子を持ったからこそ、親心が分かるというもの」

そんな彼に、女の声は容赦なく言葉を重ねる。

「そんなふうにうじうじしておるから、思春期とやらいう難しい年頃の娘になってしまったではないか」

やり込められた龍神が、ちらりと後ろを振り返る。そこには声の主である浴衣姿の絶世の美女が立っていた。やはり彼女も、人の目に見えない姿を取っている。

切れ長の目は数多《あまた》の時を生きてなお澄《す》み渡り、白い肌は生娘《きむすめ》のようにきめ細かく、整った顔は見る者すべての魂を奪わんばかり。祭りの初日に、彼のすぐあとに出店のかき氷を買った浴衣美女だった。

しかし、そのときとは少し姿が違う。人間の姿ではあるのだが、頭には三角の耳が生え、背中には九本の大きな狐のしっぽが揺れていた。

「そういうおまえだって、せっかく私のあとについてあの出店まで行っておきながら、息子に何もしてやらなかったではないか、玉藻前《たまものまえ》」

美しい九尾の狐は何も答えない。

龍神と玉藻前は、春日大社の神域を包む夜の闇に並んで立ちながら、その神通力で自らの子供たちの姿をひたすら見つめ続けていた。

燈花が揺らめく大地を行き交う人々とあやかしたちを眺めながら、玉藻前は彰良の父、草壁春臣の最期を思い出していた。

春臣が病に倒れたことは、玉藻前の神通力を持ってすればすぐに分かった。息子の彰良が、助けを求めて悲痛なまでに祈っているのも分かった。そして、その春臣の病が死に至るものであることも。

ひとりになったわずかな時間を見計らって、玉藻前はこっそり春臣に会いに行った。彼女は千年以上の時を生きてきていたが、愛し合い、子をもうけ、幸福な日々を分かち合った男が、病によって別人のようにやつれ果てている姿を見るのは耐え切れないものだった。彼を愛したときから分かっていたとはいえ、人の子の命の短さ、その無常に涙するしかなかった。

もう、彼女が集める薬草の類では治らない——。

春臣は玉藻前を見て、「ありがとう。最期に一目、会いたかったよ」とだけつぶやいた。

いまにもその笑顔が消えてしまいそうで、玉藻前はまた熱い涙をこぼす。

玉藻前は春臣のベッドに跪《ひざまず》いて訴えた。

「なぜ、おぬしはわらわを責めぬ。勝手に出て行きおってと、息子がかわいくなかったのかと」

せめて恨み言を言われ、なじられた方がいまは心が晴れるのに。

「なぜ、おぬしはわらわに願わぬ。自分の命を延ばせと、病を治せと。おぬしが願えば、わらわは、わらわの命などおぬしにいくらでも――」

春臣は泣きじゃくる玉藻前の涙をぬぐい、彼女の頭を撫でた。

痩《や》せて骨ばった春臣の手に頬ずりする玉藻前に、彼は言った。

ひとつだけ、願いがある。

彰良を、頼む。

俺とおまえの愛し合った証。

あの子はおまえに似て、不器用で引っ込み思案なくせに何に対しても一生懸命だ。

俺がおまえに出会えたように、
ささやかでもかけがえのない幸せを送れるように、
おまえなりに見守ってやってくれないか。
わがままばかりの男の最後の願いだけど、頼むよ——

玉藻前はしゃくり上げ、涙で顔をぐしゃぐしゃにしながら何度も頷いた。春臣は玉藻前の手に口づけし、万葉の歌を口ずさんだ。
それが玉藻前と春臣の今生《こんじょう》の別れだった。

春臣がくれた歌は、玉藻前の心のいちばん大事なところにずっとしまってある。
いま、万の灯りを見つめながら、玉藻前の心を占めるのは愛する息子、彰良の姿。
元気だろうか。
学校は大丈夫だろうか。
友達はいるのか。
ご飯は食べているか。
困っていることはないか。

さみしがってはいないか――

子を思う心が歌となって口をつき、夜風に乗って古都・奈良を優しく包む。

瓜《うり》食《は》めば　子ども思ほゆ　栗《くり》食《は》めば　まして偲《しぬ》はゆ
いづくより　来《きた》りしものぞ　眼交《まなかひ》に　もとなかかりて　安眠《やすい》し寝《な》さぬ

（瓜を食べれば子供のことが思われる。栗を食べればまして強く思われる。子供というものは、一体どこからどういう因果で来たものなのか。目の先にちらついて、私を安眠させてくれない）

歌の心は玉藻前の心そのものだった。

甘いものといえば、祭りで食べたかき氷はおいしかった。

いつの日にか、ふたりで一緒に食べたいと思う。

だが、母親と一緒に甘いものなんて食べてくれるだろうか。あの子も「思春期」とやらの年齢のはずだし、あの人の血を継いでいるのだ。小天狗の友達の女の子や龍神の娘辺りが放っておかないかもしれない。

でも、もう一度だけでいい。もう一度だけ、あの子と一緒に――。

我が子への尽きない情を万葉の歌に乗せて、再び口ずさむ。
玉藻前は、その歌をひっそりと夜風に向けて解き放った。

銀《しろがね》も　金《くがね》も玉も　何せむに　勝《まさ》れる宝　子に及《し》かめやも

（銀も金も玉もどんな宝物も、何の役に立つのか。どんな優れた宝も子供に及ぶことなどあろうものか）

◆この作品はフィクションです。
実在の人物、団体などには一切関係ありません。

FUTABA BUNKO

神様の棲《す》む診療所
竹村優希
東京の大学病院で働いていた比嘉篤は、父親の診療所を継ぐために8年ぶりに沖縄に帰った。患者は元気なおばぁだけ、という毎日に辟易としていたある日、診療所に朱色の髪をした裸足の子供がやって来た。子供は篤のことを知っているようだが、篤に記憶はない。診療所に入り浸っている謎の青年・宮城獅道は、その子は庭の枯れかけたカジュマルの木に棲む精霊・キジムナーだと言うが——南の島の神様や精霊たちとの交流を描いた、心温まる物語。

双葉文庫

え-08-01

奈良町《ならまち》あやかし万葉茶房《まんようさぼう》

2017年11月19日　第1刷発行

【著者】
遠藤遼《えんどうりょう》

【発行者】
稲垣潔
【発行所】
株式会社双葉社
〒162-8540 東京都新宿区東五軒町3番28号
［電話］03-5261-4818(営業)　03-5261-4851(編集)
www.futabasha.co.jp
(双葉社の書籍・コミックが買えます)
【印刷所】
中央精版印刷株式会社
【製本所】
中央精版印刷株式会社

【表紙・扉絵】南伸坊
【フォーマット・デザイン】日下潤一
【フォーマットデジタル印字】恒和プロセス

ISBN978-4-575-52053-8 C0193
Printed in Japan